读书就是回家

勇敢篇

麦家陪你读书 著

江苏凤凰文艺出版社
JIANGSU PHOENIX LITERATURE AND
ART PUBLISHING

图书在版编目（CIP）数据

读书就是回家. 勇敢篇 / 麦家陪你读书著. -- 南京:
江苏凤凰文艺出版社, 2020.10
ISBN 978-7-5594-5075-3

Ⅰ. ①读… Ⅱ. ①麦… Ⅲ. ①文学评论 – 文集 Ⅳ.
①I06–53

中国版本图书馆CIP数据核字(2020)第153710号

读书就是回家 勇敢篇

麦家陪你读书 著

责任编辑 李龙姣
策划编辑 颜若寒
装帧设计 仙 境
出版发行 江苏凤凰文艺出版社
南京市中央路 165 号，邮编：210009
网 址 http://www.jswenyi.com
印 刷 唐山富达印务有限公司
开 本 880 毫米 ×1230 毫米 1/32
印 张 8
字 数 180 千字
版 次 2020 年 10 月第 1 版
印 次 2020 年 12 月第 2 次印刷
书 号 ISBN 978-7-5594-5075-3
定 价 39.80 元

序言

这几年，作为作家的我很惭愧，没有出一本书，小文章也发表得少，用“颗粒无收”来形容也不为过。当然，没收成并不说明我不在播种，我肯定在写的，只是写得慢，东西又偏大，一时收成不了。

我期待今年有好的收成。

我知道，作为作家，终归是要用作品说话，而不是这样——用话筒说。但这几年我好像也经常在用话筒说，学校、电视台、各种会议，太多了。我告诫自己：这不是你的田地，也不是你的擅长，应该引起警惕。是的，虽然“述而不作”也是一种选择，但不是我的，我希望“佳作迭出”。所以，面对“颗粒无收”，心底是内疚的，惭愧的。

我要安慰一下自己，作为作家，我首先是个读者，阅读是写作最好的准备，写作也是为了让更多人去阅读。从这个角度讲，我这些年其实是做了一件“大事”的。这件事是从过去的一些事中延伸、生长出来的，所以我得回到过去。

十五年前，在长达十几年的一个时间段里，我写的作品大部分在邮路上，写稿、投稿、退稿构成了我一个倒霉蛋命运的复杂的几何图案。我的第一部长篇《解密》曾被十七次退稿，前后折磨了我十一个年头。折磨是考验，也是锤炼，把我和我的作品磨得更加结实、锋利，有光芒。有一天当它问世后，过去缠绕我的种种晦气被它一扫而空。后来由于《暗算》电视剧和电影《风声》的爆红，更是让我锦上添花，时来运转的背后是实实在在的名和利，坦率说多得我盛不下。

也许是我心理素质差吧，也许是我心里本来有颗公德心，我总觉得文学让我得到的太多，我应该拿出一些还给文学，还给读者。于是，2013年我在杭州西溪湿地，创办了一个“麦家理想谷”的公共阅读空间，两百来平米，上万册书，沙发是软的，灯光是暖的，茶水、咖啡是免费的；还有个小房间，你需要也可以免费住——当然是爱文学的暂时落魄的年轻人，像写《解密》时的我。

总之，这儿——我的理想谷——没有消费，只要你爱书，爱文学，一切都是免费的。但同时我也是吝啬的，我不提供WiFi、电话，甚至我希望你进门关掉手机，至少是静音吧，免得打扰人读书。“读书就是回家”，这是我理想谷的口号，让你遇见更好的自己。我希望每一个来这里的人，都是为了读书，为了静心、安心、贴心，像回家一样。

开办四年来，因为有“免费”的特点，受到广大媒体人的关注、推广，影响越来越大，读者也越来越多，节假日有时一天多达近千人，来自祖国各地。我看到了它的价值，也发现了它的局限，就是：空间有限，距离受限。尤其是外地人，只能把它当作一个景点来看，其实是读不来书的。

去年3月，受一位吉林读者的建议，我决定把“理想谷”搬到网上。去年我就一直在做这件事，挑选、确定书目，找人解读、领读、配乐，然后挂到我的微信公号上，公号的名称就叫“麦家陪你读书”。

我有个宏大的计划，就是“100+1000+7+20”的计划。100是指100位专业读书人，他们负责拆书、解书，化繁为简，提纲挈领，把一本书拆成7部分；1000是指从理想谷现有上万册藏书中选出1000本古今中外的文学佳作，这工作主要由我负责；7指的是7天，即一周读完一本书；20是指20年，用20年时间，以“文字+图像+音频”的方式陪你读（听）完1000本书。我不知道最后能不能完全实现，但我在努力做，坚持做，希望能做完做好，也希望有更多人来分享。

我们现在经常讲中国经济要转型，其实我们的生活也要转型，要从物质层面转到精神层面上来。我们讲文化自信，弘扬民族精神，首先要从阅读开始，从书中去读懂我们民族的美，我们历史文化的博大精深；也读懂自己，什么样的生活才是美的，幸福的。毋庸置疑，今天我们并不是缺少可读的书，而是缺少读书的人；不是没时间读书，而是没习惯读书。我现在做的事情就是这样，陪人读书，希望有人在我陪伴下，养成读书的习惯。

说句心里话，我觉得陪人读书就是陪人成长，是一件积功德的事，所以虽然很烦琐，但还是乐在其中。其实我陪你成长，也是你陪我成长，成长是互相的，温暖也是互相的。虽然我的计划才开始实施，但我已收获满满的幸福，我的公号在短短半年多时间已经成了有六十多万爱书人的大家庭。多一个人因我的陪伴而多读了一本书，对我就是一份收获。从这方面讲，这些年我的收获真的不小！

我要再安慰一下自己，我可以少写一本书，世界不会因为我少写一本书而少一本书。但你不能少读一本书，你少读一本书，也许就少掉了一个与世界沟通、与自己沟通的渠道。世界很大，但书最大，因为书能让世界变小，让我们长大。我就是这么长大的，因为书，读书，走出了乡村，领略了世界的美，内心的深。走进书里，走进内心深处，我们终归会发现世界是美的，人是善的，全世界的黑暗也灭不掉一支烛光。

我现在每一天都过得比以前从未有的充实、曼妙，早上起来第一件事就是打开公号，在音乐和读书声中洗漱、吃早餐，晚上在分享读者的留言中安然入睡。那些留言像家人的叮咛、絮语一样温暖我，成了我最有效的安眠药——我一度天天要吃安眠药才能入睡，现在好了，是搂草打到兔子的喜悦。

这里我要特别感谢花梨女士，我公号的日常运行都由她牵头落实。在她日复一日、夜以继日的辛勤下，我像变成了孙悟空，分身有术，无所不能。据不完全统计，我的"分身"至少有八十九位，他们有个诗意浪漫的名字：荐书人。他们身处四面八方，又在同一个地方：书房。他们既有金的炽热，又有银的柔软；他们读书不倦，又善于读书；他们能把书读厚，也能读薄；他们在书中遇见了美好的自己，又把自己的美好奉献给他人。在此，我代表读者谢谢你们！正因你们的才华，你们的热情，你们的付出，才让我们的大家庭变得更大，更温柔敦厚，更朝气蓬勃。

最后，必须的，我要说：谢谢你们来陪我读书，读书的好处，不读书的人是不知道的，正如心怀理想的欢喜，没理想的人是不知道的。这世界，人是最有情有力有智有趣的，其次是一本书。此时此刻，我又听到诗人博尔赫斯在天上说：天堂的模样，就是图书室的模样，世上最迷人的香气，就是书香。

麦家

2018.2.17

据录音整理

目录

Chapter 1

月亮与六便士 · 你的人生，由你做主

『人生永远没有太晚的开始，不要太在意他人的评价。』

“故事圣手”毛姆的经典代表作。自问世以来，以六十二种文字风靡一百一十个国家，全球销量突破六千万册。我们终其一生，不过是为了摆脱无谓的束缚，真正地做自己。

Step 1

作为“20 世纪拥有最多读者的作家之一”，又被誉为“英文现实主义巨擘”和“故事圣手”，毛姆之所以声名鹊起，并非因为他的小说，而是因为他的剧作。

毛姆于 1877 年发表了文学处女作，此后，这位有过五年学医经历的年轻人，决定弃医从文，并在十年间兢兢业业，出版了五部长篇小说、一部短篇小说集。但是，命运女神并没有因为他长年累月的勤奋和辛劳，而对他有所垂青。

1907 年，三十三岁的毛姆逐渐失去了写作信心，他决定重操旧业，重新学医，以便能够成为一名远洋货轮的随船医生，过上相对优渥的生活。就在此时，时来运转。毛姆创作的一部已经被十七家剧院拒绝过的剧本，因缘巧合，却在伦敦著名的皇宫大戏院上演了。

因为出人意料的喜剧情节、诙谐有趣的对白，毛姆备受观众推崇，也为各大出版商所重视。但一向口无遮拦的他，并没有因为出名就停止耿直的言论，因此得罪了不少故作高深的同行。

1915 年，毛姆的代表作《人性的枷锁》出版后，有匿名评论嘲讽这本书是“腐朽的现实主义”，书籍销量也乏善可陈。但毛姆却没有因此改变自己对现实主义的坚持。

当时，有一名评论家这样评价《人性的枷锁》一书的主人公：

他像很多青年人一样，终日仰慕月亮，却没有看到脚下的六便士银币。

毛姆很喜欢这个说法，便决定以《月亮与六便士》作为下一本小说的书名。

那么，《月亮与六便士》这样一个有意思的书名背后，到底讲述了怎样的故事呢？

一位四十岁开始学习绘画的证券经纪人，放弃了优渥的生活，抛弃了贤惠温柔的妻子和可爱的孩子，为了追求艺术理想，忍饥挨饿，备受精神折磨，最后在与世隔绝的小岛上结束了生命。

这个男人叫斯特里克兰，是本书故事的主人公。

我们先来看看毛姆在这部作品里的一些写作手法。

全书的第一句话是："说实话，最初认识查尔斯·斯特里克兰时，我一点也没有看出来他身上有什么不同凡响的东西。"这一句，以及文章里大量这样带有很强主观体验的句子，都为描述斯特里克兰的故事，或做了铺垫，或埋了伏笔，或鲜明地点明了立场。

虽然故事刚刚展开，但我们也能够体会到，毛姆在对人物的塑造上，有意地进行了虚化。

毛姆既没有赋予主人公足够鲜明的个性化特征，也不将他塑造成某种类型人物的典型代表，而是有意地通过他人口中的描述，将人物形象塑造得模糊不清，就像水墨画上的远山背景，淡淡的。

这样的塑造方式，也恰如故事的主角斯特里克兰，在书里给我们留下的印象：他就像白开水那样寡淡，走在大街上汇入人群中时，就消失不见了。

开篇就这样无趣的斯特里克兰，究竟是为了什么，放弃前半生的平淡、宁静、舒适生活，跑到巴黎去了呢？

Step 2

毛姆在这本书里采取的是第一人称的叙述方式，因此，为了便于讲述和理解这个故事，让我们采用“代入法”，把自己当成是故事的叙述者——也就是那位刚有名气、因缘际会和斯特里克兰太太有所交情的作家，借助他的眼睛和经历，去推动和感受整个故事吧。

我在得知斯特里克兰抛弃妻子、远赴巴黎之后，依然如约拜访了斯特里克兰太太，并安慰她，有需要帮忙的地方尽管开口。但没想到她在两天后，真的前来拜托我帮忙传达她的想法：趁还没有多少人知道这件丢脸的事，只要斯特里克兰愿意马上回家，她愿意既往不咎。

我大吃一惊，没想到这么一件重要的事，她居然会找我帮忙，因为我和她丈夫并不熟。斯特里克兰太太解释说，正因为不熟，才更方便去做这件事。何况，斯特里克兰太太的姐夫发现了一个新证据：斯特里克兰每周有三四个晚上声称要去俱乐部玩桥牌，但俱乐部的资深会员却说，从未在那里见过他。

因此，大家更确定，斯特里克兰一定有情妇，他们一起私奔到巴黎，并在一家昂贵的酒店里过着奢靡的浪荡生活。

斯特里克兰太太显露出了极度痛苦的样子，让我实在无法拒绝。于是，在接受了她交代的每一句该说的话之后，我来到了巴黎，依据地址找到了斯特里克兰栖身的酒店。

令人感到意外的是，斯特里克兰并没有住在豪华酒店里，与之相反，他住在堪称巴黎最破的酒店，肮脏邋遢、衣衫破旧，身上只剩下一百英镑，并且，传说中的“女人”，也并无踪迹。

在酒店找到斯特里克兰后，我们一起到酒馆里喝酒，我也点明了来意，但没想到斯特里克兰的回应极为冷漠、无情：

“你有没有想过你的妻子现在非常难受？”

“她会好起来的。”

“无论怎么说，你总不能一个先令也不留就把老婆给甩了。”

“为什么不能？”

“你让她怎么活下去？”

“我养了她十七年。她为什么不改变一下，自己养活自己呢？”

“难道你完全不在乎她了吗？”

“完全不在乎了。”

“你是说别人的咒骂和鄙视对你来说无所谓吗？”

“是啊。”

从以上的这几段对话里，我感受到了他的态度极为冷淡，甚至充满了不屑，并且毫不在意他人的眼光和看法。

而当我直接地说出大家都知道他是带着女人离开时，斯特里克兰发出一阵爽朗的笑声，一脸鄙夷地说：“女人们以为男人离开的唯一原因就是移情别恋。”

难道不是吗？

不是。斯特里克兰只用了四个字来阐明原因：“我想画画。”

“但你四十岁了。”

“所以我才觉得要赶紧开始。”

“你为什么认为你有绘画的天赋呢？”

“我必须画画。”

在劝说无果后，我仍然和斯特里克兰一起吃了晚饭，并一起来到酒吧喝酒。这时发生了一件事，让我确信，斯特里克兰确实不是和女人私奔到巴黎的——因为他直截了当地拒绝了一位愿意无偿献身于他的妓女。

因此，我返回伦敦，并把在巴黎的见闻向斯特里克兰太太一一道出。斯特里克兰太太的姐姐和姐夫仍然坚持认为他确实有了外遇。

但斯特里克兰太太却很愤怒，表示如果他是因为女人而离开自己，那可以被原谅；但他是为了所谓的理想，却是不可原谅的，甚至，非但不可原谅，斯特里克兰太太还诅咒自己的丈夫“死的时候穷困潦倒，众叛亲离”“染上恶心的疥疮，浑身发烂”。

这次会面之后，斯特里克兰太太振作了起来，她机灵地隐藏着痛苦，维持着得体的言谈举止，刻意避免在别人面前流露悲戚，并有意埋藏丈夫出走家庭是为了画画、为了追求艺术理想这一现实，反而制造他是和某个女人私奔的假象。

斯特里克兰太太的这些做法，为她自己赢得了许多同情和名望，她成了一名打字员，开始挣钱养活自己。

毛姆是擅长剖析人性的。这本书读到这里，我们可以通过斯特里克兰太太这一角色，体会到这个世界上有这么一群人，在他们的生活中，别人的看法发挥着至关重要的作用。他们的悲痛里，夹杂着虚荣心受损带来的痛苦。

其实这一类人并没有错，他们所代表的是人性的一部分。人性是具有悖谬的，真挚诚恳底下也许埋藏着矫揉造作，高风亮节的背后也许藏匿着卑鄙无耻，而无赖恶棍心里或许存留着良善之意。

这世间是婆娑的，并不是非黑即白，甚至更多的是灰色地带：卑鄙和高尚、凶恶和仁慈、憎恨和爱恋是能够并存于同一颗人类的心灵的。

这就是人性，无须过多指责，就像对斯特里克兰完全无视他人、彻底忠于自己内心的行为，也没必要太多赞赏一样。妥协虚荣带来融洽的人际关系，锋利棱角和坚定原则导致特立独行。

所以我们说毛姆擅于剖析不朽人性、结构独特灵魂，斯特里克兰太太就代表了人性的庸常与名声、利益的权衡，斯特里克兰是独特但极具毁灭性的，在这个故事里，他最先开始毁灭的就是往日那个和谐幸福的家庭。

Step 3

因为厌倦了每天都做同样的事情，我离开了伦敦，又一次来到了巴黎。

在拜访一位名叫斯特罗夫的画家时，通过他，我和斯特里克兰见上了面。他头发变得很长，和胡须一样乱糟糟的，整个人瘦得像干尸，依然穿着五年前的那套衣服，既破烂又邋遢。

原来，虽然眼光犀利的斯特罗夫个人觉得斯特里克兰是个伟大的艺术家，但他在巴黎的五年里，却并没有卖出任何一幅画作。他画画，但却不卖画，最后的一百英镑花完后，他就去当导游、做翻译，甚至是粉刷房子。

因此，他的生活是困窘的，曾经有六个月的时间，每天只靠一片面包和一瓶牛奶度日。但他总在画画，闭紧房门，独自摸索、锤炼绘画技艺，哪怕因此浪费了大量的时间。他仿佛被邪魅缠身，神志失常，好似生活在梦境里，不在意现实人生的一切。每一次创作对他来说，都像是在燃烧体内旺盛的激情。而一旦完成画作，他就漠然视之。

他从没有想过像一般画者一样，费尽心思地推销、售卖自己的画作，或是将作品送去展览，以此换来果腹的食物和名气。

在他看来，他绘画只是为了把自己看到的景象画下来，他也毫不在意他人的看法，得知靠贩卖画作赚得盆钵满溢、眼光独到的斯特罗夫评价他是“非常伟大的艺术家”时，他脱口而出的却是：这关我什么事？

他甚至常常在聚会时，用刻薄的话猛烈地抨击这个多次帮助、提携他的老好人。

但好心肠的斯特罗夫却没有因此怀恨在心，依然大力赞美斯特里克兰的作品。凭借他的话语，毛姆表达了自己对“美”的理解：

美是一种玄妙而奇异的东西，只有灵魂饱受折磨的艺术家才能从混乱的世界中将其提炼出来。当艺术家把美提炼出来之后，这种美也不是所有人都能认识的。要认识它，你必须重复艺术家的痛苦历程。

当被问到“你认为你这么做值得吗？”的时候，斯特里克兰表示，如果时光倒流，他依然会放弃舒适的家和作为普通人的快乐生活——哪怕在巴黎的日子看起来是如此艰难和落魄。

或许正是因为绘画对斯特里克兰来说，是一种表达和创造美与痛苦的过程，他不仅不以之为苦，甚至在灵魂深处感到快乐和自在。

毛姆在书中引用了康德的一句话：“凡人立身行事，务使每一行为堪为万人楷模。”确实，“大多数人所成为的，并非他们真正想成为的人，而是不得不成为的人”。

毛姆借由斯特里克兰之口，评价这句话是“胡说八道”，由此表达了一种独特但不失犀利的观点：“责任”是最大的文明，也可以被小人当作借口。

当然了，责任、道德，都是褒义词，人类社会需要它们。只有少数人会像斯特里克兰这般，视之如草芥。这也是因为，斯特里克兰在性格上，就像是一头野兽，他自私、残忍、不合乎社会礼法的规范，甚至还以自身去撕裂这种框架。他唯一遵从的是潜藏于他体内的、冲撞的蛮力和野性。他更接近于一种纯粹的身心世界，而与其相比现在的世界不过是徒具表象的世界。

他甚至想离开巴黎，到一个无人打扰的小岛上去隐居、作画。我们确实无法达到这样的境地。但我们可以向他学习的一点，就是在合适的礼法范围内去追求自己喜欢的东西，因为任何时候，都不会“开始得太晚”。

这是作为普通人的我们，追求理想最好的态度。不论是七十六岁开始作画、八十岁举办个展的摩西奶奶，还是九十八岁出版处女作诗集《人生别气馁》的柴田奶奶，都证明了斯特里克兰的那句：“（我四十岁了，）所以我才觉得要赶紧开始。”

人生永远没有太晚的开始，不要太在意他人的评价。

Step 4

在我眼里，斯特罗夫是一个有点儿滑稽、可笑的老好人，尽管斯特里克兰这样一个粗鲁、自私的人，不仅毫不掩饰自己对斯特罗夫的鄙薄，甚至多次当面挖苦讥笑，说一些伤人的话。

斯特罗夫虽然常常被气得转身就走，并发誓再也不跟他说话，却仍然会向画商推荐他的作品，并在画商看不起斯特里克兰的画作时，为他打抱不平。

在斯特罗夫和妻子布兰琪的相处中，斯特罗夫温柔体贴，打心底里地崇拜妻子布兰琪，对她敬若神明；布兰琪则独力承担了所有的家务，勤劳贤惠。他们之间好像从来没有过争执，直到斯特罗夫同情心泛滥，打算把发高烧的斯特里克兰带回家……

事情缘于圣诞节前，斯特罗夫想邀请我和斯特里克兰一起到他家里去共度佳节，但我们在前往咖啡馆找斯特里克兰时得知他生病了，并且非常严重。

把高烧的斯特里克兰安顿好后，斯特罗夫请我一起到他的家里。

原来，斯特罗夫是希望布兰琪能同意他把病得非常厉害的斯特里克兰带回家。但布兰琪非常坚决地拒绝了，她流着眼泪，眼神憔悴，双手捂着胸口，显得很神经质，说道："我很害怕他。我不知道为什么……他会给我们造成很大的伤害……如果你把他带回来，结局一定会很糟糕。"

不知道布兰琪为什么会有这样的预感，但在斯特罗夫的坚持和劝说下，她最终还是答应了把斯特里克兰接回来并尽力照顾他。

接下来的日子里，即使作为病人的斯特里克兰很难伺候，不时出言无状，斯特罗夫和布兰琪仍然十分耐心地照料着他。不过，布兰琪和斯特里克兰却始终没什么交谈，她坦言自己更讨厌他，形容他是个“畜生”。等到斯特里克兰再过一两天就能起床时，俩人有过一些无言的凝视，斯特里克兰的眼神里满是奇怪的嘲弄，布兰琪则是警惕。

两三个星期后，我再次见到斯特罗夫时，发现他失魂落魄。细问之下得知，斯特里克兰霸占了他的画室，把他赶了出来。斯特罗夫显得心事重重。

又过了一个星期，我才明白他欲言又止的原因。原来，布兰琪爱上了斯特里克兰。当斯特罗夫让斯特里克兰离开自己画室的时候，布兰琪说：“我要跟斯特里克兰走，我跟你过不下去了。”

无论斯特罗夫怎样苦苦哀求，怎样情深意切地表白，布兰琪都不为所动：“求求你让我安静地离开吧……”一旁的斯特里克兰还嘲弄他是“滑稽的小矮子”。

斯特罗夫伤心欲绝，但考虑到斯特里克兰的房子肮脏可怕，他最后决定自己离开，让布兰琪和斯特里克兰留在现在的房子里。他凄然地环视着自己的画室，留下了一半的钱，就离开了。

此后，不管斯特罗夫怎样挽留，试图与布兰琪说话，都于事无补。

读到这里，或许我们可以接着这个转变巨大的情节聊一聊“爱情”这件事。

当谈及如果布兰琪痛改前非，斯特罗夫是否还会接受她时，斯特罗夫表达了自己会毫不犹豫接纳她的想法。对此，我们都会觉得斯特罗夫实在是没有自尊心，任人踩踏自己的尊严。

但斯特罗夫却说："我爱她远远多过爱自己。我觉得在爱情的事上如果考虑起自尊心来，那只能有一个原因：实际上你还是最爱自己。"

那么，布兰琪爱他吗？在我看来，布兰琪从来没有爱过她的丈夫，那看起来很是温柔的照顾，并非源于爱情，而是女性对爱护和关怀的反应。"那是一种被动的感情，对任何男人都可以产生，就好像藤蔓依附在任何树木上都能够生长。"

这样的情感，在世俗的人眼里，它是可取的，因为它会促使女孩嫁给想要她的男人，并相信婚后能够日久生情。

但是，在情欲的冲击下，这样的感情显得很是单薄、脆弱，不堪一击。最初布兰琪如此强烈地讨厌、排斥斯特里克兰，或许就有这样的原因，与其说她害怕和讨厌斯特里克兰，不如说是害怕自己，因为斯特里克兰狂放而粗野的外表、冷漠的眼神、性感的嘴唇，都让她莫名其妙地感到心烦意乱。

无论布兰琪为何会爱上斯特里克兰，我们都能够说，斯特里克兰是不会爱上布兰琪的。因为，在爱这种感情里，温柔是至关重要的组成部分，而斯特里克兰不论是对自己还是对他人，都不懂温柔。

爱，需要有自甘示弱的姿态，有保护对方的愿望，有乐于奉献的精神，有取悦别人的心理，总而言之，爱需要无私忘我，爱也需要矜持。

Step 5

和斯特罗夫分手、追随和照料斯特里克兰没多久，布兰琪就自杀了。

某一天夜里，布兰琪和斯特里克兰爆发了一场争吵，斯特里克兰转身走开后，布兰琪喝下了一瓶草酸，直到次日，才被送信的服务员发现。虽然被送到了医院，并被斯特罗夫安排进了单人病房，但是暂时没有生命危险的布兰琪却不愿意见任何人，甚至试图用头去撞墙。她的声带被草酸烧坏了，美丽的皮肤上满是伤痕，枕头被眼泪浸湿了。几天之后，她便离开了这个世界。

安葬完可怜的布兰琪之后，斯特罗夫回到了自己的公寓，走到画室时，他发现了一块画布，上面画着一个裸女。是的，那是斯特里克兰以布兰琪为模特创作的一幅画。悲哀、狂怒、嫉妒充斥着他的大脑。他想把那幅画砍得粉碎。但是当他真的拿起一把刮刀准备在画上戳一个大洞时，他突然间停住了。

因为他知道，那是一件艺术品，是一幅伟大而美妙的画。斯特里克兰仿佛已经打破了过去几年对自我的桎梏，发现了新的灵魂，并将其用绘画的形式表现出来。

斯特罗夫见到这幅作品后，找到了斯特里克兰，并邀请他一起去荷兰，但斯特里克兰笑了笑，说没空做这种傻事，拒绝了斯特罗夫的邀请。

送走斯特罗夫一段时间后，我在路上偶遇了斯特里克兰。在闲聊中，我再一次感到他简直冷漠到没有人性。

我为斯特罗夫感到不平，强调了当斯特里克兰病得快死时，是斯特罗夫把他带回自己家，牺牲了时间、休息和金钱，挽救了他的性命，换来的却是家破人亡的结局。

对我的诘问，斯特里克兰并无所谓。他倒是讲述了布兰琪嫁给斯特罗夫的原因。

原来，布兰琪原本在罗马某个贵族家里当家庭教师，但那户人家的少爷勾引了她，并使她有了身孕。布兰琪以为少爷会和她结婚，没想到却被赶出来了。意欲自杀的布兰琪为斯特罗夫所救，并嫁给了他。

这就解释了为何斯特罗夫和布兰琪看起来那么不般配，却会结婚。这时斯特里克兰说了一句令人耐人寻味的话："女人可以原谅男人伤害她，但绝不能原谅男人为她做出牺牲。"

两个人谈论着逝去的布兰琪和可怜人斯特罗夫，他们的生活因为某个冷酷的偶然因素而烟消云散，已经足够残忍了，但最残忍的却是，这件事对世人毫无影响。地球继续转动，谁也没有因为这出惨剧而过得更加糟糕。哪怕是斯特罗夫本人，也总会遗忘布兰琪，毕竟他的爱并不纯粹，并没有表现出来的那样深挚。

而造成这出惨剧的始作俑者，冷酷自私的斯特里克兰也丝毫不在意他人对自己的看法。

"人有可能彻底地不管别人的看法吗？"这个问题，不仅是故事里的"我"询问斯特里克兰的，也是每一个读者都会思考到的。我们生活在这个世界上，生活中的一切都跟别人有着千丝万缕的关系，有着各种各样的羁绊。我们总会生病、疲倦、变老，总会需要别人的帮助和照顾。试图只为自己、只靠自己而生活是很荒唐的事情。

但斯特里克兰或许是个意外。

他面对这样现实的考量，眼里闪烁着嘲弄的笑意；他的身体里似乎有一个火热而痛苦的灵魂，正在追求着我们凡夫俗子所无法理解的伟大目标。他的外表是邋遢的，衣衫褴褛，须发蓬乱，但是他的眼睛闪亮，仿佛是一个出窍的灵魂。

闲聊结束后，我接受他的邀请来到了他的公寓，看了大概三十幅画作。我没有像斯特罗夫那样，拥有能识别天赋的慧眼，因此在我看来那些画作并没有美妙和独特之处，反而是粗疏、难以理解的。

但孤独，让我们彼此无法那样轻易地理解对方。

看完了斯特里克兰的画，我终于明白了他和布兰琪在一起的原因，正是因为创作美的欲望太过强烈，那盘踞在他心中的渴望使得他的勇气衰竭。因此，他疲惫的灵魂渴望在女人的怀抱里歇息。

斯特里克兰，就像是跋涉终生的朝圣者，寻找着某座也许并不存在的神庙。

这次会面后大约一个星期，斯特里克兰离开了巴黎，去了法国第二大城市和最大海港——马赛。

Step 6

毛姆通过叙述者“我”在塔希提岛上和一些人的交谈，交代了斯特里克兰人生最后几年的几件重要事件。

尼科尔斯船长是帮助斯特里克兰从马赛来到塔希提岛的人。他们相遇在马赛的夜间收容所，彼时斯特里克兰已经穷途末路，连糊口的钱都赚不到了。

船长印象中的斯特里克兰吃苦耐劳、发起脾气来很不好惹。

有天夜晚，硬汉比尔喝醉了酒在某间酒吧撞见斯特里克兰和船长时，上前挑衅，将一口浓痰吐在斯特里克兰脸上。斯特里克兰当然也不是善类，抄起酒杯就向他砸过去。如此一来，他们在酒吧里打起了架，比尔不省人事地躺在地上，脑袋上有道很大的伤口。

船长知道比尔是个睚眦必报的小人，便很快安排了斯特里克兰坐上开往澳大利亚的轮船。此后，他们没有再见面。

我在岛上遇见了犹太商人科恩。他手上有一幅斯特里克兰的画，也是他给了斯特里克兰在岛上的第一份工作：在种植园里当监工。

但斯特里克兰只待了几个月，赚够钱买颜料和画布后，就不干了。他向科恩借过几次钱，本来科恩不指望他会还钱，没想到一年后，斯特里克兰带来了一幅画，送给了热心帮助自己的老东家。

科恩形容他的画“太糟糕了”，却没想到多年之后，那幅画卖了三万法郎。

最后，科恩先生说了一番让人肃然起敬的话：

我真希望可怜的斯特里克兰还活着。我想知道，当我把卖画得到的两万九千八百法郎还给他时，他会说什么。

缇亚蕾是岛上最好的厨师，热情好客。多年前，当斯特里克兰缺钱用，偶尔到市区来时，缇亚蕾便常常叫他过来吃顿饭、帮他找一两份工作。

虽然年纪和肥胖使她失去了恋爱的本领，但她对年轻人的恋情却很有兴趣。当时酒店里有个叫爱塔的女孩，她在这座小岛上有一块地，那里远离人烟，还有座房子。在缇亚蕾的撮合下，他们结婚了。

喝完喜酒后，斯特里克兰便和爱塔一起到那偏远的山坳里归隐去了。

酒店里曾经和斯特里克兰一起下棋的布鲁诺船长，曾在他和爱塔结婚后，去拜访过他，他谈到了他们之间的一组对话。

斯特里克兰在被问到婚姻生活是否幸福时说：“她不来烦我。”

“你从来不后悔离开欧洲吗？”

斯特里克兰沉默了很久，但并没有直接回答这个问题，他只是说了一句：“我会在这里住到我死。”

在布鲁诺船长的引荐下，我认识了曾为斯特里克兰治病的库特拉先生。斯特里克兰患了严重的麻风病，整张脸已经被可怕疾病扭曲得没有任何表情了。

此后，尽管因为斯特里克兰的疾病，附近的居民都很讨厌他们，常常向爱塔扔石头，威胁要烧掉他们的房子，但爱塔依然对斯特里克兰不离不弃，直到他生命的最后一刻。

两年，或是三年过去了，库特拉收到斯特里克兰病危的消息后，走了七公里的山路来到爱塔家，走进那小木屋时，虽然扑面而来的恶臭让人作呕，但看到墙上的画时，他却感到仿佛进入了一个魔幻世界。看着那些既美不胜收，又低俗下流的画作，医生不由自主地感叹：“我的上帝啊，这是天才啊。”

彼时，斯特里克兰已经死了，而他的眼睛也早在一年前就瞎了。

斯特里克兰死后，爱塔坚决地履行了对他的承诺，一把火烧掉了屋子，也烧掉了那幅伟大的杰作。爱塔和孩子则去了另一个群岛，他们的孩子成了一名水手。

斯特里克兰的故事说到这里，就结束了。

Step 7

毛姆所写的这个故事，并非完全是虚构的。

1916 年底，他和同性恋人结伴云游，自旧金山出发，最终抵达塔希提小岛。这次长达半年的南太平洋之旅，催生了一部短篇小说集《叶子的颤动》和一部中长篇小说，也就是这本《月亮与六便士》。

而他之所以会对南太平洋如此感兴趣，除了来源于各种描绘那片海域的文学作品，还有部分来源于他对著名法国画家高更的生平、作品的痴迷。

是的，斯特里克兰的原型就是高更。高更的生平，和斯特里克兰一样，生前极其落魄、死后备受推崇。但在这本书里，毛姆为了使作品更具有可读性、故事性，对高更的生平与人格做了一些改动，因此，斯特里克兰并不是真实的高更。

斯特里克兰一生活动的轨迹，也仿佛是在解构高更的画作主题：我们是谁？我们从何处来？我们向何处去？

高更跌宕起伏的生平成为这个故事绝佳的素材，再经过毛姆的艺术加工，演绎成斯特里克兰扣人心弦的故事，而且高更种种乖谬绝伦的举动，在斯特里克兰身上统统得到合理的解释："一切全是因为不受羁绊的艺术创作冲动和沉闷乏味的资产阶级生活之间，有着不可调和的矛盾。"

斯特里克兰这个人物就像是高更晚期画作里走出来的，拥有最简洁的表现形式，在色彩强烈、背景简化成节奏起伏的形态里，呈现出了一种原始性、近乎野蛮粗鄙的“肉感”，因而给人极为强大的心灵震撼力。斯特里克兰，就是这样一个受本能引导、逐渐剥离社会规则、逐渐接近自然的人，是一个理想状态里的“野蛮人”。

我们并不知道高更在临死前，是否把最后的画作毁掉，但毛姆在小说里用一把火，赋予结局一种更倾向于极致的纯粹。

斯特里克兰是个可恶的人，但他还是很伟大。

相比之下，与斯特里克兰身上处处可见的尖锐棱角不同，配角们的身上体现出了二元对立的矛盾性，因此，他们的形象就显得丰润许多。

斯特里克兰太太温柔和蔼，持家有道，但心有虚荣，因而喜好与文坛作家来往。殊不知她矫饰的同情、虚伪的宽宏，却常常令人嘲笑。她是那种一边鄙夷男性、一边依附于男性的妇女，虽然自身拥有很强的工作能力，却总是以自食其力为耻。

布兰琪看上去也是沉静温和的，但她的内心深处也蕴藏着野性。她嫁给斯特罗夫并非因为爱，而是出于对他的感激，因此斯特罗夫对她的崇拜、殷勤，与斯特里克兰身上充满的野性召唤相比，就显得那般浅薄空洞。

斯特罗夫是一个愚蠢、热情过头的小矮胖子，他拥有较高的绘画技巧，没有天赋，却有一双能发现伟大作品的眼睛；他对每个人都是掏心掏肺的好，收获的却往往是无情的嘲弄。他是可笑的，但也是真诚的，让人感动的。

不论是主角还是配角，毛姆都始终认为作家应该去认识他们，而不是去评判他们。因此在故事里，他无论对谁都是同情理解多于指责，哪怕是令人极其厌恶的、自私到极点的斯特里克兰，也仅仅是善意讽刺了几句而已。

但不要随便评判别人并不等于没有自己的观点和立场，毛姆借由《月亮与六便士》所亮出的观点是精神优于物质、个体大于社会；而这种反世俗、反传统的立场，正是读者们为之潸然泪下的关键所在。

对于这本书，或许每个人都能总结出不同的主题，而对于这些人类社会中永远没有标准答案的问题，作者只是试图引起我们的思考：难道做自己最想做的事，生活在让你感到舒服的环境里，让你的内心得到安宁是糟践自己吗？难道成为年入上万英镑的外科医生、娶得如花美眷就算是成功吗？

这些询问人生终极意义的难题，往往会有两个截然相反的答案，小说的名字就正好再现了二者之间的对立。

但我想这取决于你如何看待生活的，取决于你认为你应该对社会做出什么贡献，应该对自己有什么要求。

如果说，月亮代表理想，六便士喻指俗世追求，无论是金钱、功成名就，还是其他，只要你觉得适合自己，就可以去追求。仰望月亮的人，未必比好好生活过日子的人更清高，但好好过日子的人也未必比仰望月亮的人更成功。

Chapter 2

百万英镑·踏踏实实赚钱，大大方方花钱

『人可以追求财富，但不能贪婪；可以驾驭金钱，但不能被金钱所驱使。』

“美国批判文学之父”马克·吐温代表作品。手持一张百万英镑支票的穷光蛋，如何在伦敦生活一个月？这张支票是废纸一张，还是撬动一切的支点？

Step 1

在马克·吐温所处的资本主义上升阶段，美国正从一个内部分裂的年轻国家蜕变为世界强权，资本对金钱的渴求可以说是丝毫不加掩饰。

处于这样一个改天换地的时代，马克·吐温敏锐地察觉到社会上的种种问题，并将深刻的思想诉诸诙谐风趣的笔墨，展现了美国社会当时各方面的面貌。脱离了欧洲封建社会遗留下来的影响，加上他独特的反讽技巧，因此马克·吐温被誉为“美国批判文学之父”。

马克·吐温擅长以笔为刃，将社会上存在的问题一一揭露并进行强烈的抨击。那么，这本书的主人公亨利，到底有哪些荒诞离奇的经历呢？

我二十七岁那年，在旧金山一个矿业经纪人那里当办事员。每周星期六午盘之后，我喜欢把时间消磨在海湾的游艇上。有一天我把船驶出去太远，一直漂向了远离岸边的大海深处。

傍晚，在我几乎绝望的时候，一艘开往伦敦的双桅帆船的船员解救了我。他们让我在船上做一名普通的水手，以工作换取路费。

在伦敦登岸的时候，我的口袋里只剩下了一块钱，勉强解决了我二十四小时的食宿后，我成了彻头彻尾的流浪汉。

第二天，我正有气无力地拖着步子走在波特兰路上，忽然被两位年长的绅士请到了一个豪华的房间里。

他们问了我一些问题，不久就把我的事情知道得一清二楚。最后给了我一个信封，我正要打开时他们却制止了我，让我务必拿回住处看，还反复叮嘱我不要急躁。

一走到看不见那所房子的地方，我便迫不及待地把那只信封打开，里面有钱！我毫不犹豫地飞奔向最近的一家廉价饭店点了一堆东西吃。当我吃到胃里再也装不下的时候，准备付钱。看了一眼那张钱后我当场傻了：这居然是一张面值一百万英镑的钞票！

我坐在那儿盯着钞票发愣，足足有一分钟才清醒过来。抬起头看见饭店老板一脸羡慕的神情，眼睛紧锁在钞票上，似乎也给吓呆了。

看着老板的样子，我计上心来。我把那张钞票伸到他面前，满不在乎地说道："请你找钱吧。" 听见我的话他一下子回过神来，连连推辞，称他无法兑换这张钞票。我说："给你带来了不便，真是抱歉，不过现在非请你想个办法不可了，我身上一分钱也没有了。"

出乎意料的是，他说那毫无关系，他很愿意把这笔微不足道的饭钱先记在账上，而且只要我高兴，无论想吃什么东西，随时来吃，继续赊账，不管多久都行。他说他不会因为我由于性格诙谐故意穿成流浪汉的模样，就不信任我这样一位阔佬。

老板满脸堆笑、点头哈腰地把我送出了饭店，出了饭店的门，我拔腿就跑向那所房子，找给我信封的两位绅士，想归还钞票，以免哪天警察找到我把我抓起来。

我很了解人们的脾气，当两位绅士发现他们把一张面值百万英镑的钞票当成一镑纸币给了流浪汉的时候，才不会怪自己的眼睛近视，而是像理所当然一样对这个流浪汉大发雷霆，仿佛一切都是流浪汉的错。

我按了门铃，还是之前那个仆人开的门。我说要见那两位先生，他用高傲又冷淡的语气告诉我他们出门了。接着不管我再怎么问，也打探不到关于两位先生的半点儿消息。

这时我突然想起信封里除了钞票，还有一封信。于是我把它拿了出来，信上写着：

你是个聪明和诚实的人，从你的面貌上就能看得出。我们猜想你很穷，而且是个异乡人。信封里装着一张可以换钱的钞票，是借给你的，期限是 30 天，不要利息。30 天期满时到这里来。我拿你打了个赌。如果我赢了，你可以在我的委任权之内获得任何职务——也就是说，凡是你能够证明自己确实熟悉和可以胜任的职务，无论什么都可以安排你去做。

Step 2

看完那封没有签名、没有地址、也没有日期的信，我简直不知道他们是有意害我还是好心帮我。我苦苦思索了一个小时，终于有了一个较为清楚的判断：

那两位绅士拿我打了一个赌，然而赌约的内容是什么，我无从猜测。无论我是否情愿，都不得不随时随地把这张钞票带在身上，直到那两个人回来。它对我毫无用处，但是我必须把它好好地保管起来。

想明白之后，我开始在街上溜达。这时我一眼看到一家服装店，于是一个强烈的愿望不可控制地产生了：我想要换掉自己这身破烂衣服。可理性告诉我，我根本买不起新衣服。但最终还是屈服于强烈欲望的折磨，走进服装店。

衣服并不合身，而且一点儿也不好看，但它是新的，我很想买下来，所以颇为胆怯地说道："请你们通融通融，让我过几天再来付钱吧，我身边没有带着零钱。" 那个家伙摆出一副非常刻薄的嘴脸，说道："是吗？我也料到了你没有带零钱，我看像你这样的阔人是只会带大票子的。"

这可真让人火大。我生气地把那张钞票递给他，他微笑着接了过去，当他向那张钞票瞟了一眼的时候，这个笑容马上牢牢地凝结起来了，变得毫无光彩，恰如你所看到的维苏威火山边上，那些小块平地上凝固起来的波状的，满是蛆虫似的，一片一片的熔岩一般。

这时老板赶紧跑过来问道：“喂，怎么回事？出了什么岔子吗？”我说：“什么岔子也没有，我在等他找钱。”老板催促道：“托德，快把钱找给他，快点儿。”

托德回嘴说：“把钱找给他？请你自己看看这张钞票吧。”老板望了一眼，一下子转身钻进那一堆被顾客拒绝接受的衣服里来回翻动，同时一直很兴奋地说着话：“把那么一套不像样子的衣服卖给一位性格特别的百万富翁！托德简直是个傻瓜。请您赏脸把这件衬衫穿上，还有这套衣服。正合适，好极了！素净，讲究，又雅致，简直就像个公爵一样穿着考究！您等着瞧我们照您自己的尺寸做出来的衣服是什么样子吧。喂，托德，把本子和笔拿来，快写，腿长三十二……”我还没有来得及插上一句嘴，他已经把我的尺寸量好了，并且吩咐赶制晚礼服、便装、衬衫，以及其他一切。

后来我终于有了插嘴的机会，我说：“老兄，我可不能定做这些衣服呀，除非你能无限期地等我付钱，要不然你能换开这张钞票也行。”

老板听后立刻回复道：“无限期？！这几个字还不够，您得说永远永远，那才对哩，托德，快把这批订货赶出来，送到这位先生的公馆里去，把这位先生的住址写下来，过几天……”

听到要写住址，我迅速打断他：“我快搬家了，我随后再来把新住址给你们留下吧。”

老板依旧满脸笑意：“您说得很对，先生，您说得很对。您请稍等一会儿，我送您出去，先生。好吧再见，先生，再见。”

这一天亨利在服装店的经历比之前在小饭店更加波澜起伏，也更能看出社会百态。马克·吐温除了写出了社会对金钱的追求之外，笔锋还暗指金钱的拥有者，那些上流社会人士的空虚与无聊。

但正是这样一种获得高薪职位的愿望以及对未来的憧憬，让亨利开始想要在这场赌约的期限结束前将自己安顿好。

亨利虽然不能拿着这张钞票到银行去抵押借款，但是对他而言，社会地位实际上也就相当于可以抵押借款的银行，人们不会怀疑一个身揣百万英镑的人会还不起钱。

我们常说，好的文学作品的语言是有张力的，这种张力就表现在描写店员笑容时的夸张，店员对亨利态度变化的前后对比，老板没完没了的絮叨……正是这些极具张力的表现手法，让文章读起来妙趣横生。

Step 3

从服装店出来以后，我不由自主地到各处用相同的方式去买我所需要的东西。不出一个星期，我就把一切需要的讲究东西和各种奢侈品都置备齐全了，并且搬到了一家不接待普通客人的豪华旅馆里。

我猜想迟早有一天这个谎言要被拆穿，可是我既然已经下水，就不得不硬着头皮向前游，否则就会淹死。我时刻被一种即将大祸临头的危机感笼罩着，可是一到白天，悲剧的成分就消失得无影无踪了，我简直是快活到昏头昏脑、如醉如狂的地步。

因为我已经成为全世界最大都会的名人之一了，这使我颇为骄傲，并不只是稍有这种骄傲的心理，而是得意忘形。你随便拿起一种报纸，总会发现里面有一两处提到那个“随身携带一百万英镑的角色”。

这还算不上名誉，直到那时为止，人们只当我是个暴发户来谈论。然后登峰造极的幸运就来了——《谐趣》杂志刊登了描写我的漫画！于是转瞬之间，那容易消逝的铁渣似的丑名声，变为经久不灭的黄金似的好名声了。

大约在名声传播出去的第十天，我去向美国公使致敬。他以与我名声相符的热忱接待了我，责备我不应那么迟才去，并且说当天晚上他要举行宴会，恰好有一位客人因病不能来，我唯一能够取得他谅解的办法，就是坐上那个客人的席位，参加宴会。

从谈话中我才知道他和我的父亲从小就是同学，后来又同在耶鲁大学读书，一直到我父亲去世，他们始终是很要好的。所以他叫我一有空闲就到他家里去，这我当然是很愿意的。

事实上，我不只是愿意而已，甚至是很高兴。一旦大祸临头，他也许有什么办法可以挽救我，免得我遭遇灭顶之灾。现在已经过了这么久，我依然不敢冒失地把自己的秘密向他毫不隐讳地吐露。

如果在开始的时候就遇见他，我很快便会向他说明我在伦敦的这种奇遇。现在我当然不敢说了，我已经陷入旋涡太深。虽然照我自己的看法，我还不至于到完全灭顶的地步——虽然借了许多钱，却还是小心翼翼地使数额不超过我预期的薪金。

虽然我没法知道我的薪金究竟会有多少，但是有一点我是可以充分肯定的，那就是，如果我帮他们赢得了这次打赌，我就可以任意选择那人委任权之内的任何职务，只要我能胜任——而我又是一定能胜任的，关于这一点，我毫不怀疑。

在充分展现了市侩的商人们对亨利——实际上是对那张钞票的阿谀奉承、曲意逢迎之后，马克·吐温又生动地描写了亨利的心理变化过程。不可否认，亨利也和那些奉承他的商人们一样，深深地陷入了这张钞票所带来的物质享受之中。

但在这种物质的狂欢中，亨利还保持着最后一点理性，他清楚地认识到自己时刻都面临着大祸临头的威胁。

然而除此之外，亨利变得洋洋得意，甚至被金钱所带来的名气和身边众人的奉承迷惑得“昏头昏脑”。

有意思的是，亨利在报纸上的消息比公爵和宗教界的知名人士都多，而将他的名声带到极点的，却是漫画。漫画作为一种艺术表现形式，本身就带有夸张、戏谑甚至嘲弄、讽刺的作用。明明是一出该被戏谑嘲笑的滑稽剧，却由于金钱变成了喜剧。

接着，亨利造访了美国公使。这次会面趣味性十足。公使既没有显示出过分的热情，又没有表现得太过于冷淡；既让人感受到他的热忱，又与人保持着一定的距离；既充分尊重了这位一夜暴富一夜成名的老乡，又保持着作为美国公使十足的派头。

亨利的财富和名声使得公使也不得不对他另眼相看，邀请他参加晚宴，这不仅意味着连公使也有几分拉拢他的意思，更是亨利真正进入上流社会的凭证，公使则是亨利的引路人。尽管在这之前报纸上关于亨利的话题居于众多重要人物之上，但他在人们眼中依然只是一个暴发户，一个“随身携带一百万英镑的角色”。

Step 4

当晚的宴会妙不可言，席上一共有十四个人。其中有一位是公使夫人女儿的朋友，波蒂娅·朗姆。没出两分钟，我就爱上了她，她也爱上了我。

这时仆人来报：“劳埃德·赫斯廷斯先生到。”老一套的寒暄过后，赫斯廷斯瞧见了我，诚心诚意地伸出手，径直朝我走了过来。手还没握上，他忽然停了下来，不好意思地说：“对不起，先生，我还以为咱们认识呢。”

“您当然认识我啦，老朋友。”我愉快地说道。

赫斯廷斯语气很犹豫：“不，难道您就是……是……”

我接过他的话茬儿：“腰缠万贯的怪物吗？对，就是我。你别害怕喊我的外号，我听惯了。”

这下他松了一口气说道：“我从来没想过他们说的那个亨利·亚当斯会是你。这真是万万没有想到的事，是吧？咱俩去矿工饭馆才不过是三个月以前的事呢。你这种不可思议的地位到底是怎么得来的呢？”

别说赫斯廷斯了，就连我自己也觉得这一系列的事情不可思议。

我说：“这纯属偶然。说来可就话长了——怎么说来着？简直是一篇传奇。我会原原本本地告诉你，不过现在不行。”

这个赌约结束前我不能向他透露实情，所以想办法转移了话题：“你的生意怎么样了？”

他叹了一口气说：“你说得可真准，我不来才好呢。我不想提这件事。”

我猜想他可能遇到了什么难处，坚持让他晚宴结束的时候跟我一起回家。

宴会却还是出现了老问题——座次问题解决不了，饭就开不成。在荒唐、可恨的英国体制下，这种问题总要发生。

事情是这样的：绍勒迪希公爵为了彰显自己的地位，想要坐首席。他说他的地位高过公使，因为公使只是一个国家、而不是一个王朝的代表。可是我也不肯让步。在杂谈栏里，我的位置高过皇室成员以外的所有公爵，据此我要求坐那个位子。

我们互不相让地争执了一番，问题并没有得到解决。最后他不明智地想炫耀自己的出身和先人，我算清他的王牌是“征服者威廉”，就拿亚当来对付他，我说自己是亚当的直系后代，有姓为证。而他只不过是旁支，这还能从他并非悠久的诺曼人血统看得出来。

就这样大家争执不下，于是我们又鱼贯回到客厅，端着沙丁鱼碟子和草莓，在那儿站着吃。在这里座次问题没有那么严重，两位地位最高的客人掷硬币，赢的先吃草莓，输的得到那枚硬币。地位次之的两个接着猜，依此类推。

在这里，马克·吐温充分展现了当时英国上层社会礼节的虚伪。马克·吐温只读过小学，原是密西西比河上的水手，因此他的写作语言和视角，与同时期的福楼拜、莫泊桑等中产阶级，以及没落贵族家庭出身的作家有很大的不同。对于上层社会的方方面面，马克·吐温是以一种仰视但却戏弄的视角进行描写的。

亨利认为英国的体制是“荒唐”“可恨”的，在这种体制下就连座次的问题都迟迟得不到解决。

亨利与公爵在关于首席位置的争夺中“各显神通”，想尽办法去争抢那个事实上无关紧要的位置。最终亨利与公爵甚至清算到各自的血统，一直追溯到将近一个世纪以前的封建时代。

在欧洲封建时期，姓氏的影响在欧洲一个显赫的家族可以持续几个世纪。这也是为什么亨利能够想到公爵的王牌是“征服者威廉”。

“征服者威廉”因为篡权而被称为“杂种威廉”，因而亨利称公爵为旁支。这种在现在看来无聊又可笑的身份较量，正是英国尚未完全脱离封建制度的证明。

亨利作为百万英镑的拥有者，恰可以象征新兴的资产阶级。因此对宴会首席座位的争夺，象征了在资本主义上升时期，资产阶级与封建贵族的势力不相上下。

在这一轮没有结果的较量之后，客人们又回到客厅，用掷硬币的方式决定用餐权利。这种画面感极强的场景让人觉得荒诞又可笑。

马克·吐温批判现实的风格，在当时现实主义文学中可以说是独树一帜。他对现实尖锐的批判都藏在幽默与夸张之后，也正因为如此，马克·吐温的小说有着独特的艺术魅力。

Step 5

我非常诚恳地告诉朗姆小姐，自己一无所有，那张被大家热议的巨额钞票，根本不是我的。

这可引起了她的好奇心，于是我低声把全部经过从头到尾给她说了一遍，而这差点儿把她笑死，我不明白这有什么好笑的。

朗姆小姐并没有因此而嫌弃我，依然对我有着深深的爱意。照当时的情况来看，不久之后她便会嫁给我成为我的妻子。当然，我也告诉了她，要结婚还得等两年，要等我用薪金还清了欠债之后才行。可是她对这点并不介意，她只希望我在花钱方面越谨慎越好。

晚宴后赫斯廷斯和我一起回家，走进我的会客室后，他热烈地赞赏我那些各式各样的陈设和奢侈品：“这简直是个皇宫，地道的皇宫！亨利，这不仅叫我明白你有多么阔气，这还叫我彻底地看清我自己穷到了什么地步——我多么倒霉，多么泄气，多么走投无路，多么一败涂地！”

赫斯廷斯的这一席话让我直打冷战。我知道自己站在一块半英寸厚的地壳上，脚底下就是一座火山的喷火口。我一直活在梦里，而实际上我债台高筑，一文不值。

赫斯廷斯还在说着：“这些天来，我完全吃不下东西，可是我愿意陪你喝酒，一直喝到醉倒。来吧！”

我让他趁我调酒的时候讲一讲他的事，结果他很不解地说："我到这儿来的时候，不是在路上把整个故事都给你讲过了吗？"

"真糟糕，我一个字儿也没听见。"

"亨利，这可是桩严重的事情，真叫我难受。你在公使那儿干什么来着？"

我爽爽快快地说了实话："我把世界上最可爱的姑娘俘虏到手了！"

赫斯廷斯并不责怪我，又从头到尾把他的事讲了一遍：他替高尔德和寇利的矿山出售采矿权，售价超出一百万元的部分都归他所得。

他极力宣传，可是始终不曾找到一个相信他的资本家，而他的"揽售权"在这个月底就要期满了。总而言之，他已经走投无路了。后来他忽然大声喊道："亨利，你是世界上唯一能挽救我的人！你肯帮忙吗？"

他提出让我给他一百万和回家的旅费，他把"揽售权"转让给我。我几乎脱口而出："我自己也是个穷光蛋呀！"

但是我突然灵机一动，计上心来。我极力镇定下来，直到自己变得像个资本家那么冷静。然后我沉着地说："我一定帮你一把。那个矿山我很了解，你尽管用我的名义去兜揽，赚的钱我们俩对半分好了。"

赫斯廷斯高兴疯了："我可以用你的名义！他们会一窝蜂跑来抢购这份股权！我已经成功了，我一辈子也忘不了你！"

接下来我每天都无所事事，只是坐在家里，对探询的来客们说："不错，是我叫他要你们来问我的。那个矿的价值比他所要求的还高得多。”

实际上一无所有的亨利巧妙地用自己的名望和声誉做了担保，同时将自己的名声变现。在这份担保背后做支柱的，依然是他的那张百万大钞。

这也再一次显示出财富或者说资本的力量。赫斯廷斯想尽办法但依旧毫无进展。而亨利只需要一句话，前来打探消息的人就络绎不绝。

而亨利对资本市场的熟悉，对资金运作的得心应手，甚至于对那座矿山的了解，还要得益于他来英国之前的职业——矿业经纪人的办事员，对证券交易的详情颇为精通。

正是凭借自身的种种优势，亨利得以站稳脚跟。

《百万英镑》作为一部中篇小说，有着非常严谨的结构，不管是明线与暗线，还是伏笔与铺垫，都有大量的细节值得品味。

马克·吐温笔下的亨利有着聪明才智，而非一个贪财的傻瓜。一系列对于主人公学识和背景的描述，并非只是单纯的交代，而是为后续故事的展开做了充分的铺垫。这也彰显了马克·吐温作为“美国批判文学之父”所具备的深厚文学功底。

Step 6

关于矿山的事，我想当面给朗姆小姐一个惊喜。便对她说："亲爱的，到了我去见那两位先生的那一天，你愿意陪我一起去吗？"

她稍微有点儿畏缩地说："可以是可以，不过……你觉得那合适吗？"

我犹豫地回答："事实上，恐怕那确实不太好。可是你要知道，你去与不去，关系是很大的，所以……"

"那么我就决定去吧，不管合适不合适。"不等我说完，她便抢着说，流露出一股可爱和豪爽的热情，"啊，一想到我也能对你有帮助，真是高兴极了！"

后来到了那个月的末尾，我已经在伦敦银行有了二十万英镑的存款。

到了那所房子，果然那两位老先生都在家。他们看见和我一起来的朗姆，非常惊奇，于是我把她介绍给他们。

这时候我才知道，我这趟奇遇是由于这兄弟二人在闲谈中忽然讨论到：如果有一个外乡人漂泊到伦敦，毫无亲友，手头除了那张钞票以外一个钱也没有，但又无法证明他自己是这张钞票的主人，那么他的命运会怎样？

哥哥说他会饿死，弟弟却说不会。后来弟弟提出愿意拿两万英镑来打赌，哥哥同意了，因此我才有了这一个月离奇的经历。

现在看来，我帮助弟弟赢得了赌约。

“另外，现在请你们看看这个。”我拿出那张伦敦银行的存款单，这令他们十分震惊，简直不敢相信这是我的。

我对那位借我钞票的先生说：“这是我利用您借给我的那笔钱，用了一个月时间赚来的。”

朗姆的眼睛睁得大大的，说道：“亨利，那难道真是你的钱吗？”

我笃定地回复道：“亲爱的，一点儿不错，我是跟你撒了谎。可是你会原谅我，我知道。”

这时，朗姆向两位先生走过去说道：“爸爸，他说在你的委任权之内无论什么职位他都不想要，我觉得非常委屈，就像是……”

这回轮到我吃惊了：“宝贝，原来他是你的爸爸呀！”

这下子我不再开玩笑了，急忙说：“哦，我最亲爱的先生，您果然是有一个职位要找人担任，而这正合我的要求。”

他问：“你说的是什么？”

我毫不犹豫地回答：“女婿！”

“你要知道，你从来没有干过这个差事……”

“叫我试一试吧！千万答应我，我求您只要让我试个三四十年就行，如果……”

“啊，好吧，就这么办！你要求的只是一桩小事情，叫她跟你去吧！”

整个故事到这里就结束了，在这一个月内，亨利不仅运用聪明才智利用那张本来对他毫无用处的钞票赚到了钱，还俘获了朗姆小姐的芳心，同时收获了财富和爱情。

亨利知道金钱对一个人的重要性，尤其是想要在伦敦这样的大都会站稳脚跟，没有金钱作支撑是万万不行的。但他更清楚不能单单指望那位先生许诺的职位，过于依赖这样不牢靠的许诺很有可能只是画饼充饥。因此亨利看准了时机，利用自己的名声使资金周转，并从中持续盈利。

亨利和朗姆的爱情也并不是柏拉图式的精神恋爱，恰恰相反，他们的感情是脚踏实地的，对未来的每一年、每一步都有明确的规划，对保障自己物质生活的金钱更是反复斟酌。

相爱，是两个拥有独立而健全人格的人，相遇、相知，然后摩擦出爱的火花。而要做到人格上的独立，首先要做到经济上的独立。

如果亨利没有那笔存款，朗姆的养父是否会同意亨利和他的养女交往？如果亨利没有被许诺将来的工作以及薪金，而仍旧只是一个穷光蛋，朗姆是否还会对他青睐有加？

答案并非那么肯定，因为金钱并不是衡量感情的砝码。但我们可以肯定的是，财富和名声是亨利和朗姆之间的红娘。

如果没有那张百万英镑的钞票，亨利就不会有那么大的名气，公使也就不会邀请他参加晚宴，那么亨利和朗姆之间便不会产生交集，更不要提爱情了。

Step 7

所谓的经典，就是在历经时间的淘洗之后，仍然具有现实意义。这本书放在今天，仍然对当今社会的许多现象具有影射作用，很多读者甚至能从中看到自己的影子。

富有与贫困，就像生与死一样，是人类需要面对的永恒课题，不分地域，不分时空。差别不过在于，不是每个人都能被百万英镑砸中。

历尽生活的艰辛和打磨，哪怕只有一丝改变的希望也要付出百倍的努力。而这种改变，最快捷的实现手段便是金钱。

追求财富并没有错。毋庸置疑，每个人活着就必须有吃穿用度，古今中外，概莫能外。因此谁也不必刻意地疏远钱财而自命清高，陶渊明的时代早已过去，在今天这样一个商品社会，闭门自守无异于自寻死路。

但我们必须要清醒地认识到：金钱并不是万恶之源。金钱的“善”与“恶”哪一面占据上风，取决于人们如何去使用它。用它来做善事，它就是善的源头；用它来满足自己的私欲而伤害别人，它就是恶的源头。

人可以追求财富，但不能贪婪；可以驾驭金钱，但不能被金钱所驱使。

还好在马克·吐温的笔下，我们的主人公亨利并没有通过非法手段求生。他似乎一直都站在故事之外，审视着那个处于离奇经历中的自己，因此能够多几分冷静，多几分反省。

《百万英镑》讽刺了一个金钱至上的功利主义社会，事实上我们当今的社会在很大程度上依然以金钱和名誉来衡量一个人成功与否。

虽然我们不能脱离金钱而生活，但是人生的意义并不仅仅在于追求金钱。如果人际关系只靠金钱维持的话，其实并不牢靠。资本只能带来收益，但却无法将这种收益转变为来自他人真正的认同。

在马克·吐温的时代，资金或者说资产是由穷人流向富人的。这种看似不合理的社会资产分配方式，却是资本主义上升时期的典型方式，因此造成了严重的两极分化。

这种社会两极分化的现象，在经济学上称为“马太效应”，它出自《新约·马太福音》：凡有的，还要加给他，叫他有余；没有的，连他所有的也要夺过来。

这段话原是对经商的总结，通过集中资金扩大生产，使得社会财富整体增加，从而再推动生活水平的提高、对下层人民的救济，这也是历史发展的必然进程。

那么对绝大多数不能功成名就、不能像亨利一样被百万英镑砸中的人而言，金钱又意味着什么呢？

毋庸置疑，我们只能在柴米油盐酱醋茶的人间烟火中过完一生，只能在平凡生活的点滴琐事中去寻找生命的意义，只通过电视剧和电影看着别人的大悲大喜、大起大落。

但金钱，或者说经济实力，是每个人、每个家庭生存和发展的必要条件，也是人生行进途中坚实的后盾。

只有做到经济独立，才能够不受制于人。

所谓金钱，不可没有，但也不可过分追求。对待金钱的态度应当就像我们对待人生的态度一样：能够独立自主，不卑不亢，以傲然的姿态面对种种考验和诱惑，凭借能力去获得财富，细品流年，这才是真正的岁月静好。

Chapter 3

肖申克的救赎·恐惧让你沦为囚犯，希望让你重获自由

『我们无法在时间的长河中垂钓，但我们可以将对苦难的诘问化为觅渡的力量。』

美国现代惊悚小说大师斯蒂芬·金不朽的励志经典名著。同名电影获奥斯卡奖七项提名，被誉为完美影片之一。

Step 1

“我猜美国每个州立监狱和联邦监狱里，都有像我这样的一号人物，不论什么东西，我都能为你弄到手。”

小说从瑞德的自我介绍开始，他是这座监狱里负责兜售各种商品的犯人，也是整个故事的叙述者。因为谋杀罪而锒铛入狱，在刚满二十岁时来到肖申克监狱。

在监狱里，他是少数肯痛痛快快承认自己干了什么的人。当年的他出身贫寒，但年轻英俊，被一个富家女看上，她父亲同意他们结婚，但却随时监控他，就像看管家里的猫狗一样。这让瑞德心生怨恨，终于在家里雪佛兰轿车的刹车上动了手脚。

结果他的太太载了邻居太太和她的小儿子一起进城去，在路上，因为刹车失灵而发生严重车祸，三人皆亡。瑞德数罪并罚，被判了三个无期徒刑，从此只能在高墙内度日，肖申克监狱变相地成了他的另一个家。

而监狱，是一个特别江湖的地方，但瑞德凭借他的活动能力和用心，却在这里混得风生水起。但你若以为瑞德是个彻头彻尾的坏蛋，或者是一个十恶不赦的混混，你就错了。

他做事很有自己的底线和原则，即便是在监狱这种地方。他兜售商品极有分寸，有两种东西，他绝对不碰：一是枪械，二是毒品。因为他不愿帮助任何人把自己或他人杀掉。

正是因为他在监狱的这一身份，安迪·杜佛兰找到了他，希望他能帮忙把丽塔·海华丝的海报弄进监狱，他答应了，也由此结识了安迪。

安迪·杜佛兰在1948年进入肖申克监狱时，正是而立之年。在此之前，他是波特兰一家大银行的信托部副总裁。在保守的银行界，年纪轻轻就坐上这个位子，可谓前程似锦。但他却因为被指控谋杀了妻子和她的情夫而被关进了这座肖申克监狱。

谈起他的案子，几乎无人不知。那是个轰动一时的案子，具备了所有耸动刺激的案件必备的要素。

安迪的妻子琳达去学了高尔夫球，结果没多久，便和高尔夫球教练格林·昆丁好上了。安迪听说了这件事后，和琳达大吵了一架，琳达当晚便离家出走，到昆丁住处过夜。第二天早上，为昆丁清扫洗衣的用人发现他们两人死在床上，每人各中四枪。

怀抱着政治热情、希望通过此案引发大量关注的检察官做了慷慨激昂的开场白和结论。他说安迪·杜佛兰是个因为妻子不贞而热血沸腾、急于报复的丈夫，而如果只是出于这样的动机，我们虽然无法原谅，却可以理解，但他的报复手段实在太过冷血残忍。

第二天，《波特兰太阳报》便以斗大的标题怒吼着：给他四枪，她也四枪！

路易斯登镇一家店铺的伙计作证说，他在案发两天前卖了一支警用手枪给安迪；乡村俱乐部的酒保作证说，9月10日晚上7点左右，安迪到酒吧来喝酒，在二十分钟内喝了三杯威士忌烈酒，当他从椅子上站起来时，他告诉酒保要去昆丁家，并说如果想要知道会发生什么，明天看报纸就知道了；还有一个距离昆丁家一英里远的便利商店店员告诉法官，安迪在当晚8点45分左右去过他的店。他买了香烟、三罐啤酒，还有一些擦碗布。

法医证明昆丁和琳达大约是在晚上 11 点到深夜 2 点之间遇害的。

检察官派出的探员作证表示，他们在昆丁家的岔道附近找到三样物证：两个空啤酒瓶，上面有安迪的指纹；十二根烟蒂，是安迪抽的牌子；安迪车子的轮胎痕迹。

昆丁家的客厅，有四条擦碗布扔在沙发上，上面有弹孔和火药灼烧的痕迹。警探的推论是，凶手把擦碗布包在枪口上来消音，安迪的律师对探员的擅自推论提出强烈抗议。安迪也走上证人席为自己辩护，称自己是无辜的。他很冷静、镇定、不带感情地述说着事情的经过。但因为找不到丢入河里的枪，无法证明他是无罪的。

瑞德花了七年工夫，才和安迪从点头之交成为相当亲近的朋友。在他看来，安迪是他所认识的人中自制力最强的一个。对他有利的事情，他一次只会透露一点点；对他不利的事更是守口如瓶。

如果他当年出庭时又哭又叫、结结巴巴，甚至对着检察官大吼，相信他不至于被判无期徒刑。即使判刑，也会在1954年就获得假释。但他说起自己的故事就像播放唱片似的从容冷静，这让别人压根儿就不相信。仿佛世界上根本就没有感同身受这回事，针刺在你身上，痛在你心里，别人根本不知道有多痛。安迪始终在经历着清醒的痛苦，他知道形势对他极端不利，他要翻盘的概率几乎为零，除非有确凿的证据和证人。

所以他没有哭喊，没有吼叫，什么也没有。百口莫辩时，唯沉默是最大的轻蔑。

Step 2

肖申克监狱里几乎每个犯人都声称自己是无辜的，他们只是碰上了铁石心肠的法官、无能的律师、警察的诬告而成为受害者，再不然就是运气实在太坏了。但真正无辜的人不会超过十个。安迪就是其中一个。他进入监狱五年后，开始申请假释，但每次都被驳回，尽管他是模范犯人。

1948 年夏天，他向瑞德要一样东西，在监狱的运动场上交易。

安迪第一次来找瑞德时，是个星期日。瑞德当然知道安迪是谁，狱友都认为他是个冷冰冰的势利小人，一副欠揍的样子。瑞德没有轻易听信别人的传言，他从初次见面就很喜欢安迪，并答应帮安迪弄把敲石头的锤子。不过，他还是问了安迪，是什么样子的锤子，要那种锤子干什么。

安迪很意外："你做生意还要追根究底吗？"凭这句话，瑞德就已经知道他为何会有一个"势利小人"的名声，就是那种老爱装腔作势的人——不过瑞德也在同他的交谈中感觉到一丝埋藏得很深的幽默。

每个有着复杂关系网的监狱里，都有一些特别有分量的人物，小监狱里可能有四五个，大监狱里可能多达二三十个，在肖申克，瑞德在一众狱友中，怎么说也算是个有头有脸的人，他怎么看待安迪，可能会影响着安迪在这里的日子好不好过。安迪可能也心知肚明，但他从未向瑞德磕头或拍马屁，瑞德反倒很敬重他这点。

过了些时日，锤子到了。在瑞德看来，这种锤子不像逃亡工具，如果想用这样一把锤子挖地道逃出去，大概要六百年。

监狱里的“姊妹”盯上了安迪。有的人因为无法忍受长期无性的生活，因此在狱中开始结交男人作为性伴侣，免得自己发疯；也有一些人在狱中最终“转变”了性倾向。现在流行的说法是，他们变成同性恋者，或是“出柜”了。

于是就有了这群“姊妹”。这些人往往是罪大恶极的长期犯，而他们的猎物则是一些年轻、瘦弱的新囚犯……或者，像安迪那样，看起来很瘦弱的囚犯。

安迪长得比较矮小，但生有一张俊脸，或许也因为他那特有的泰然自若的神态，他一进来就被那批“姊妹”看上了。第一次出事是在他加入“肖申克快乐家族”还不到三天的时候，当时安迪狠狠反击，而且把那个叫博格斯·戴蒙德的大块头的嘴唇给打裂了，警卫及时冲进来，才制止住双方进一步的动作，但博格斯发誓非逮到安迪不可，他果然说到做到。

第二次则发生在洗衣房后面。多年来，那条狭长肮脏的通道发生了不少类似的事情，监狱的警卫们也全都心知肚明，却放任不管。博格斯虽然不在场，但他的四个朋友都在那儿。安迪起先手里拿着催化剂，让他们不敢靠近，他威胁着如果他们再走近一步，就要把催化剂往他们的眼睛喷过去。但是安迪往后退时，不小心跌倒了，结果他们就一拥而上。

“轮暴”给人带来的恐惧和伤害是永远不会改变的，但那正是这四“姊妹”对安迪做的事。安迪孤独地经历了这些事情，就像他在那段日子里孤零零地经历了其他所有事情一样。然后他像之前许多人那样，得到了结论：要对付这群野兽一般的人，只有两条路可走，要不就是明知不敌也要奋力一拼，要不就是从一开始就认了。

他决定跟他们力拼。当博格斯和两个同党一星期后再次尾随安迪时，安迪猛烈还击，当时厄尼刚好经过目睹了一切。那三人联手制伏他，轮流强暴他，之后再强迫安迪跪下来。博格斯站在他面前，威胁羞辱他。

结果，1948 年 2 月的那个晚上，博格斯没敢放任何东西到安迪嘴里，卢斯特也没有，从那以后也没有任何人敢这么做。那年夏天，博格斯也停止找他麻烦了。

那是一件怪事。6 月初的一个早上，博格斯没出来吃早饭，他被打得半死，奄奄一息地躺在牢房中。他没说是谁干的，或是怎么发生的，但是瑞德明白只要有钱几乎可以买通监狱警卫去做任何事情，除了不能用枪。那些狱警们都拿着微薄的薪水，而且当时没有电动门锁，也没有闭路电视或中央系统可以监控整个监狱。

瑞德虽然不敢肯定这件事一定是安迪干的，但他知道安迪当时带了五百元进来。他进来前在银行工作，对于金钱能够发挥的作用，安迪比谁都更清楚。

Step 3

1948 年的一个早上，安迪在运动场上跟瑞德见面，向他要一打磨石布。这是一种跟擦碗布差不多大小的布，安迪说，用来磨亮他收集来的那些石头。瑞德照例帮他弄到了，但只抽了百分之十的服务费，没多要他一分。瑞德认为，这种擦碗布大小的正方形布垫，能干出什么大事呢！

五个月后，安迪请瑞德为他弄来丽塔 · 海华丝的海报，这次是借着礼堂放映电影的时候谈成的生意，他那紧张的样子，让瑞德很想笑。在瑞德看来，他一向表现得很冷静，而且一板一眼，但那天晚上他坐立不安，十分难为情，好像在跟瑞德要保险套似的。

瑞德满口答应给他弄进来一张大尺寸的。几天后，瑞德的货到了，其中一张，海报上的丽塔 · 海华丝身着泳装，一只手放在头后面，眼睛半闭，丰满的红唇微张，好一个性感女郎。这张是特别留给安迪的。

后来有一天，早上排队去吃早餐时，瑞德找机会瞄了一下安迪的房间，看到丽塔 · 海华丝的泳装海报贴在床头，这样他在每晚熄灯后，还可以借运动场上的水银灯看着泳装打扮的美人。可是，白天她的脸上是一道道黑杠，太阳光把铁窗栅栏的阴影印到了海报上。

过了一段时间，瑞德早已忘记了海报这件事，而忙着做其他生意。但有一天突然收到安迪托人带给他的一个白色小盒子。

当瑞德打开盒子时，看见上面铺了一层干净的棉花，而下面是……他盯着看了很久，甚至不敢去触碰它们，实在是太美了。肖申克监狱里，极度缺乏美好的东西，而真正令人沮丧的是，几乎所有人都已经不怀念这些美好。

盒子里是两块石英，都经过仔细雕琢，削成浮木的形状，石英中的硫化铁发出闪闪金光。可想而知，要雕琢出这样的两块精美的石英，一定是经过了熄灯以后无数个小时的打磨。

看着这份包装精美的礼物，瑞德心底升起一股暖意，这是任何人看到美好的事物之后都会在心中涌现的感觉。他对安迪的毅力肃然起敬，但直到后来，他才真正地了解，安迪的毅力远不止这些。

从这件小事中，我们可以感知到安迪拥有一颗多么热爱生活的心，即便身陷囹圄，他也从未放弃对美好生活的渴望和追求。在这里，我们也看到作家斯蒂芬·金的写作功力。

真正妙不可言的写作手法，是通过讲述一个或多个故事，不动声色地去体现、去折射、去反映出某个人物的精神特质。这也是好小说的精彩之处。

1950年5月，肖申克监狱决定翻修监狱车牌工厂的屋顶。他们以抽签方式选了大约十个人，其中两个正好是安迪和瑞德。

监督他们的六个警卫中，有一个叫拜伦·哈力的，他听到了一个天大的好消息，却因为担心自己得不到好处正在那儿发牢骚。

事情是这样的，哈力的大哥在四个月前过世了，留给他和缅因州老家每个还活在世上的家人每人三万五千美金。但因为政府要从中抽走大笔税金，让他很发愁。

安迪正在十五米外用一根大刷子刷着沥青，听到哈力的事，他把刷子顺手丢到桶里，走向麦德和哈力坐的地方。在场的狱警用枪支点着他的脑袋，但他却镇定地告诉哈力，可以帮助他避税，全额领取兄弟的赠予。

开始时哈力并不信，扬言要杀了他，但安迪非常冷静，仿佛没有听到他的恐吓。哈力和另一位狱警合力抓住安迪，安迪没有抵抗，眼睛一直盯着哈力涨红的脸。他静静地说："馈赠礼物给配偶是完全合法的法律漏洞，我办过好几十件……不，是几百件这种案子，这条法令主要是为了让小生意人把事业传下去，是为一生中只发一次横财的人——也就是像你这样的人——开的后门。"

再三思考后，哈力选择相信安迪。安迪借此机会，要求给他每位同事来三罐啤酒，他认为当一个人在春光明媚的户外工作了一阵时，如果能有罐啤酒喝，会觉得更像个人。

于是，肖申克监狱里一伙奉命翻修屋顶的囚犯，在工作结束前一天的早上 10 点钟，排排坐在屋顶上喝着啤酒。但安迪没喝，他平常是不喝酒的。可他的神情却是放松的。

这次事让安迪在狱中大放异彩，并因此被安排到了图书馆干活。

瑞德认为安迪不像肖申克监狱中的任何人。他回忆说："他把五百美金塞在肛门里，偷偷夹带了进来，但似乎同时也夹带了其他东西进来——或许是对自己的价值深信不疑，或许是坚信自己终会获得最后胜利……也或许只是那一种幻想自由的感觉，因此，即使被关在这堵该死的灰墙之内，他仍然有一种发自内在的光芒。"

Step 4

为狱警哈力避税的事，引发了监狱长史特马和其他狱警对安迪的关注和重视。他们将他安排到图书馆干活，以便更好地为他们服务。同时，也警告那些“姊妹”，不让他们再侵犯安迪。

安迪干了二十三年的图书馆管理员，他用帮哈力避税的方法，一步一步为图书馆争取到物资，渐渐地，把原本只陈列《读者文摘》丛书和《国家地理杂志》的小房间，扩充成新英格兰地区最好的监狱图书馆。

他在 1954 年开始写信给州议会，要求拨款补助监狱图书馆，最后，他终于争取到整整一千元的补助款。当然这甚至无法与一般小镇图书馆的经费相比，但一千元足以采购不少二手侦探小说和西部小说。到安迪离开之前，人们在肖申克图书馆中几乎可以找到任何想看的书。这时候的图书馆已经从一个油漆储藏室扩展为三个房间了。

典狱长史特马，是个残忍冷血的卑鄙小人。他告诉安迪，也许他在外面是个银行家，但那早已成为过去。史特马警告他最好认清现实。

安迪泰然自若地微笑着。他问史特马，如果每年滴一滴水在坚硬的水泥块上，持续滴上一百万年，会怎么样？

史特马大笑，拍拍安迪的肩膀：“你可活不了一百万年，老兄，但如果真能活这么久，我相信到时候，你还是老样子，脸上挂着同样的微笑。继续写信给州议会吧，只要你自己付邮资，我会替你把信寄出去。”史特马对于安迪为监狱图书馆争取补助款的事，一直是这样事不关己的态度。

1950 年的春末到夏初，安迪为想要储备子女大学教育基金的警卫，设立了两个信托基金；他也指导一些想在股市小试身手的警卫如何炒股票，这些警卫得到了银行家的指导，在股市收获颇丰，其中一个警卫还因发了财而在两年后提早退休。

到了 1951 年春天，肖申克监狱半数以上的狱卒都由安迪协助办理退税，到了 1952 年，所有狱卒的报税工作都由他代劳。而他所得到的最大回报，是监狱中最有价值的东西——赢得所有人的善意对待。

史特马将安迪完全调离洗衣房，让他得以全天都在图书馆工作，只不过安迪过去洗的是脏床单，如今洗的是黑钱罢了。史特马把他的非法收入全换成了股票、债券、公债等。

对于安迪教典狱长和狱警如何处理贩毒、洗黑钱这件事，瑞德有些无法理解。因为他从不沾染枪支和毒品，即使在监狱。面对瑞德的质疑，安迪表示他只能在超凡入圣与无恶不作之间做出第三种选择，就是在得失之间求取平衡，两害相权取其轻，尽力将善意放在前面。

他帮他们洗钱，也借机充实图书馆。好让狱友们出去后，可以更快地脱离这个混浊不堪的环境的影响。在这期间，至少有二十多个人因为利用图书馆的书来充实自己，通过了学历考试。

他希望将来有更多人受益。

对坐牢的人而言，时间是缓慢的，有时人们甚至认为时间停摆了。

自史特马上任后的六年，肖申克简直是人间地狱。他任典狱长时，肖申克医务室和禁闭室永远人满为患。当时不少记者混进来调查，其中一个甚至以虚构的名字和罪状在肖申克待了四个月，准备揭发监狱里的重重黑幕，但他们还没来得及挥棒打击时，史特马已逃之夭夭。

安迪从来不曾受到史特马事件的牵连。1959 年初，来了一个新的典狱长、新的副典狱长和新的警卫队长。但监狱管理层的人尽管换来换去，洗黑钱的非法勾当却从未停止。

安迪房间的海报始终是那些性感而又漂亮的女郎。从丽塔 · 海华丝到玛丽莲 · 梦露再到珍 · 曼斯菲，然后是拉蔻儿 · 薇芝，最后是漂亮的摇滚歌星琳达 · 朗斯黛。瑞德问安迪，那些海报对他有什么意义？安迪瞥了一眼好奇的瑞德：“我想是代表自由吧。看着那些美丽的女人，你觉得好像几乎可以……不是真的可以，但几乎可以……穿过海报，和她们在一起。一种自由的感觉。这就是为什么我总是最喜欢拉蔻儿 · 薇芝那张，不仅仅是她，而是她站立的海滩，她好像是在墨西哥的海边。在那种安静的地方，一个人可以听到自己内心的思绪。你曾经对一张照片产生过那样的感觉吗？觉得你几乎可以一脚踩进去的感觉？”

瑞德确实从来没有这样想过。

“也许有一天你会明白我的意思。”安迪说。

没错，多年后瑞德确实完完全全明白了他的意思……

Step 5

安迪有一种大多数犯人所没有的特质——一种内心的宁静，他坚定不移地认为漫长的噩梦终有一天会结束。虽然身在混浊的监狱，安迪却总是一副胸有成竹的样子，大多数被判终身监禁的囚犯入狱后，脸上都免不了会出现阴郁绝望的神情，但安迪脸上却从未出现过，直到那件事情的发生。

那时监狱换了一个新的典狱长，名叫山姆 · 诺顿。他是个有着三十年教龄的老基督教徒，有教会颁发的襟章。他上任以后，最大的创新措施就是让每个犯人都拿到一本《圣经 · 新约》。

医务室的伤患比史特马在位时少多了，也不再出现月夜埋尸的情况，但这并不表示诺顿不相信惩罚的效力。禁闭室总是生意兴隆，不少人掉了牙，不是因为挨打，而是因为狱方只准他们吃面包和喝水，导致营养不良。

诺顿建立了一种“外役监”制度，即让囚犯到监狱外面伐木、修桥筑堤、建造贮藏马铃薯的地窖，且应邀到新英格兰的每个扶轮社和同济会去演讲。

于是，从伐木、挖水沟到铺设地下电缆管道，都可以看见诺顿在其中捞油水。无论是人员、物料，还是任何你想得到的项目，他都有上百种方法可以中饱私囊。

钱就这么滚滚而来！这期间，安迪是诺顿的左右手和沉默的合伙人，而监狱图书馆就仿佛成了押在诺顿手中的人质。钱越滚越多，图书馆也添购了新的汽车修理手册、百科全书，以及准备升学考试的参考书。

直到汤米的到来，打破了安迪平静的日子。

汤米在1962年11月进入肖申克监狱。在过去二十七年的生命中，他几乎坐遍了新英格兰地区的所有监狱。他是个职业小偷。

他太太每周来探监一次。她认为如果汤米能够完成高中学业，情况也许会逐渐好转，她和三岁的儿子自然也会受益，她说服汤米继续进修，于是，汤米便开始定期造访监狱图书馆。

对安迪而言，引导狱中的囚犯读书已经成为例行公事，他协助汤米重修高中的科目，并通过考试。

汤米可能不是安迪教过的学生中最优秀的一位，但他非常喜欢安迪。

有几次谈话时，他问安迪："像你这么聪明的人怎么会沦落到这种地方？"这话显得唐突。安迪不会回答这种问题，总是微笑着岔开话题。

汤米自然去请教别人，最后，他终于弄清楚了安迪入狱的来龙去脉。有一天，他去图书馆对安迪说了一大堆自己的疑惑。这是安迪自从托瑞德买到丽塔·海华丝的海报以后，第一次、也是最后一次失去理智，而且几乎彻底失控。

那晚他整夜没有合眼，他脑中拼命思考着整件事情。就好像汤米手上有把钥匙，正好开启了他内心深处的牢笼——自我禁锢的牢笼。那个牢笼里关的不是人，而是一只名叫"希望"的老虎。

事情是这样的，四年前，汤米在罗德岛被捕，一个名叫艾乌·布拉契的囚犯和他同住。布拉契很聒噪，每晚都跟汤米讲起他曾经的“辉煌”事迹。他还告诉汤米，有个家伙正因为他杀了两个人而成了替罪羊，他杀的是这个笨蛋的太太和她的情夫。情夫叫格林·昆丁，是个讨厌鬼，有钱的讨厌鬼，职业高尔夫球选手。

于是安迪在那个凄风苦雨的夜晚去见诺顿。

典狱长诺顿听到这件事后，坚定地说：“我看你也是受到选择性认知的影响。”说完后他干笑两声。选择性认知是专搞狱政感化的人最爱用的名词。

“高尔夫球俱乐部也会有旧出勤记录，你没想到吗？”安迪喊道，“他们一定还保留了报税单、失业救济金申请表等各种档案，上面都会有他的名字。这件事才发生了不过十五年，他们一定还记得他！汤米可以作证布拉契说过这些话，而乡村俱乐部的经理也可以出面作证布拉契确实在那儿工作过。我可以要求重新开庭！我可以——”

“警卫！警卫！把这个人拉出去！”

“你到底是怎么回事？”他几乎在尖叫，“这是我的人生、我出去的机会，你看不出来吗？你不会打个长途电话过去查问，至少查证一下汤米的说法吗？我会付电话费的，我会——”

这时响起一阵杂乱的脚步声，守卫进来将他拖了出去。

“单独关禁闭。”诺顿说，“只给水和面包。”

安迪在禁闭室关了二十天，这是他第二次被关禁闭，也是他进入肖申克监狱以来，第一次被诺顿在记录簿上狠狠记了一笔。

Step 6

诺顿坚决不同意帮助安迪获得自由，他还把汤米转到凯西门监狱服刑。安迪质问诺顿为什么要这么做，诺顿说，他喜欢看到安迪现在的样子，而且只要他在肖申克当典狱长一天，安迪就得继续待在这里。

“从前你老是以为你比别人优秀，我很善于从别人脸上看出这样的神情，从第一天走进图书馆的时候，我就注意到你脸上的优越感。现在，这种表情不见了，我觉得这样很好。”

“好，但我们之间的所有活动到此为止，所有的投资咨询、免税指导都到此为止，你去找其他囚犯教你怎么申报所得税吧！”

但马上，诺顿便威胁安迪，说要让图书馆关门大吉，并不再让他享受单人房间的待遇，也不再保护他不受男同性恋的侵犯。

安迪妥协了，但他变得更沉郁更冷酷。他继续掩护诺顿做脏事，也继续管理图书馆，所以从外表看来，一切如常。

他的沉郁在 1967 年世界职业棒球大赛时改变了。那是梦幻的一年，波士顿红袜队赢得胜利的一刹那，整个监狱为之沸腾，安迪似乎也受到这种振奋气氛的感染。

棒球赛结束后两周，安迪找瑞德聊天，告诉他，自己出去后一定要去一个一年到头都有阳光的地方。他说话时那种泰然自若的神情，就好像还有一个月便能出去似的。

他说他要去墨西哥的芝华塔内欧，那是一个距太平洋边的阿卡波哥约一百英里的小镇，人们说太平洋是没有记忆的，所以他要到那儿去度他的余生，要在那里经营一家小旅馆。并且说他已经做好了充分的准备。在外面的世界里有一个人，从来没有人亲眼见过他，但是他有一张社会保险卡和缅因州的驾照，还有出生证明。他叫彼得 · 斯蒂芬，这个人是未来的安迪。

他还告诉瑞德，斯卡伯勒的巴克斯登镇有一片很大的牧草地。牧草地北边有一面石墙，石墙底部有一块石头，那块石头和缅因州的牧草地一点关系也没有，那是一块火山岩玻璃，在 1947 年前，那块玻璃一直都放在他办公桌上当镇纸。他的朋友吉米把它放在石墙下，下面藏了一把钥匙，那把钥匙能开启卡斯柯银行波特兰分行的一个保险柜。

保险柜是用彼得 · 斯蒂芬的名字租的，彼得 · 斯蒂芬就在那个盒子里。他的出生证、社会保险卡、驾照、股票都在那里，还有免税的市府公债和每张价值一万元的债券，一共十八张。

安迪希望瑞德一起去，瑞德却坦诚地说他无法适应外面的世界。在这儿，他可以替别人弄到东西，但出去以后，不知道要如何开始。

安迪鼓励他，一纸文凭不见得就可以造就一个人，正如同牢狱生涯也不见得会打垮一个人，并让他考虑考虑。

那天之后，瑞德开始相信安迪有逃亡的念头。但安迪不是普通囚犯，诺顿紧紧盯着他，这是整个监狱都知道的事。

1975 年，安迪从肖申克逃走了。发现这件事的那天，诺顿暴跳如雷。他冲入安迪的牢房到处查看，最终目光落在琳达 · 朗斯黛的海报上。几秒钟后，诺顿一把撕下海报来，海报后面的水泥墙上出现了一个洞。

诺顿找了一个值夜班的瘦小警卫让他钻进海报后面的洞里。警卫在通道末端发现一个主排水管，那是通往第五区牢房十四个马桶的污水管，是三十三年前装置的瓷管，已经被打破了，他在管子的锯齿状缺口旁发现了安迪的石锤。

他们在污水管尽头找到一些泥脚印子，泥脚印一路指向监狱排放污水的溪流，搜索小组在距离那里两英里外的地方找到了安迪的囚衣。但到这里后，安迪就像一缕轻烟似的失去踪影了。

过了三个月后，诺顿典狱长辞职了。他像只斗败的公鸡，垂头丧气地离开了肖申克，就像个有气无力的、到医务室讨药吃的老囚犯。

监狱里有不少人像瑞德一样，为安迪的离开感到高兴，但也有点儿难过。

有些鸟儿天生就是关不住的，它们的羽毛太鲜明，歌声太甜美，也太狂野了，所以你只能放它们走。你知道把它们关住是不对的，所以你会为它们的离去感到高兴，但如此一来，你住的地方仍然会因为它们的离去而显得更加黯淡和空虚。

Step 7

经过三十八年一次次的听证会和一次次驳回，瑞德的假释申请终于获准了。假释委员替瑞德在南波特兰一家超级市场找了个“仓库助理”的差事——也就是说，他将成为年纪很大的跑腿伙计。

瑞德一时间很难适应这一切，但安迪追求自由的那种努力一直激励着他适应外面的世界。

1974 年，瑞德在休假时搭便车来到巴克斯登小镇，找到了那块不该出现在缅因州牧草地的石头。石头下面赫然放着一个信封，信封很小心地包在透明的塑胶袋中，以免弄湿。上面写着瑞德的名字，是安迪整齐的字迹。

亲爱的瑞德：

如果你看到这封信，那表示你也出来了。不管你是怎么出来的，总之是出来了。如果你已经找到这里，你或许愿意往前再多走一点路，我想你一定还记得那个小镇的名字吧？我需要一个好帮手，帮我把业务推上轨道。

为我喝一杯，同时好好考虑一下。我会一直留意你的情况。记住，“希望”是个好东西，也许是世间最好的东西，好东西永远不会消逝的。我希望这封信会找到你，而且找到你的时候，你过得很好。

你的朋友

彼得 · 斯蒂芬

看完信后，瑞德抱头痛哭起来，信封里还附了二十张新的五十元钞票。

芝华塔内欧，这名字太美了，令人忘不了。瑞德决定跨越美墨边界去寻找安迪。他兴奋莫名，唯有自由人，才能感受到这种兴奋，一个自由人步上漫长的旅程，奔向不确定的未来。我们无法在时间的长河中垂钓，但我们可以将对苦难的诘问化为觅渡的力量。

故事到这里就结束了。

最后，这本书涉及了很多重要的命题，安迪的经历也透着许多生活哲理，就感悟最深之处加以分享，与君共勉。

关于生存能力

一个人一定要有一项过硬的本事或能力，让自己在逆境中也可以为人所用。因为能被人所用也就意味着有存在的价值，而这有时可以在生死攸关时保护自己。所以，一定要打造自己的核心竞争力，这才是保命的根本。但你被什么保护，就可能被什么限制；能为你遮风挡雨的，也可能让你不见天日。所以，一定要知道自己想要的是什么，让自己的特长和能力更好地为梦想效力。

关于精神追求

一个人绝对要有自己的兴趣爱好和精神追求，平时可能不显山不露水，看不出有什么，但在关键时候，却可以支撑你熬过所有的难关。有自己的精神世界，有信念，才会有永不磨灭的动力，才可能让自己经历数十年的磨难而不倒。

人生是一项长跑，会经历很多事，支撑一个人无畏、走得长远的，离不开精神的独立和滋养，心理强大才是真正的强大。

关于书籍和音乐

即便是一字不识的人，即便在难见天日的监狱，精神上的滋养和愉悦依旧不可缺少。书籍和音乐带给人的精神力量，永远超出想象。在绝境中生存下来的人，心中必怀一丝美好。正是这一丝美好，才能让人生出永不言弃的希望。没有人会苟活着，只是有人敢为这一丝美好而抓住一切机会，有人揣着美好却不敢行动。

关于希望

希望是个好东西，也许是世间最好的东西，好东西永远不会消逝。在大风中紧紧抓住你的帽子，紧紧抓住你的希望，别忘了给你的钟上发条。明天会是全新的一天。

Chapter 4

活着为了讲述 · 我对生活一往情深

『谁也不知道，你学过的知识，读过的书，会在人生的什么时刻给予你回报。所以，越努力，越幸运。』

诺贝尔文学奖获得者加西亚·马尔克斯唯一的自传。一部几近完美的传记，同时也是一本生动的小说，一段跌宕起伏的人生，一堂精彩纷呈的写作课。

Step 1

《活着为了讲述》是马尔克斯一生中的最后一部长篇，也是最长的一部。但遗憾的是，它并不是一部完整的自传，因为马尔克斯的身体健康问题，计划中三卷的自传，在第一卷末尾收到未来妻子的回信时便戛然而止，留给世人一个永恒的悬念。但这个结尾也是完满的，因为它是马尔克斯与妻子梅塞德斯之间美好爱情的开端。

《活着为了讲述》记录了从 1927 年马尔克斯出生到 1955 年去日内瓦避难这二十八年间的风华岁月。

在这本书里，马尔克斯毫不掩饰地谈到自己怎样在课上写打油诗，怎样靠写诗在学校混出名气，上数学课时永远在看课外书，而拼写一直是他的弱项……

这些“恶习”在书中随处可见，流露了他的坦率和真性情。通过书中的描述，这位文学巨匠，仿佛走下了高高在上的神坛，成为我们身边普普通通的一个人。

在《百年孤独》给他带来国际性声誉和丰厚的回报之前，马尔克斯一直以记者为职业，在自传中他花了大量的篇幅来讲述他的记者生涯。

马尔克斯不是一个对政治十分关注的作家，他在书中写道:“我没有政治头脑，云里雾里地畅游在文学世界里，对眼前的现实视而不见。”但作为记者，他不得不正视哥伦比亚这个充满战争和动乱的国家的现状。

报社的工作非常忙碌，压力巨大，在严格的审查制度下，撰写专栏、社论和各种文章，每天大量的文字输出，使马尔克斯的写作技艺得到了极大的锤炼。

所以，即使是天赋异禀的马尔克斯，也需要经历无数次摸索与挫败，经历高强度的写作训练，最终才能写出灵气四溢的杰作。所有的完美，都是由无数次的不完美浇灌、培育而成的。

马尔克斯一生写过很多短篇小说，在《活着为了讲述》里，你会发现那些短篇小说中所描绘的人和事，大多能够在马尔克斯的经历中找到原型。

颠沛流离的生活经历和丰富的想象力，为他的写作提供了源源不断的灵感。或许，只有经历过苦难，才能唤醒灵魂；只有那些具有乐观精神的人，才能在艰苦的生活中，走出辉煌的人生之路。

作者想要告诉读者的，并非自己的人生琐事，而是通过回忆来缓缓发掘，自己如何在那样贫穷的家庭环境中成长、在动荡的国家时局中成长，如何通过挚友们收获荒乱迷茫的青年时代，如何形成自己的文学风格。

回忆并不是从出生开始的，而是始于母亲找他去卖老家的房子来缓解家庭的经济危机。

“妈妈让我陪她去卖房子。”这是多么富有文学性的开头。

马尔克斯之所以选择这段经历作为回忆的开始，是因为这是他一生之中最重要的转折。“这趟短暂的两日之旅对我来讲意义重大，纵使长命百岁，埋首笔耕，也无法言尽。”他对家世和童年的讲述便在回乡卖房的旅途中完成。也就是说，马尔克斯回忆自己的故乡之旅，也重温了自己的童年岁月。

1927 年，马尔克斯出生在那栋位于阿拉卡塔卡的老宅里，成为他们那个庞大家族中的一员。然而，在这里度过了人生最初的八年之后，他就离开了，再也没有回去过。

“从出生到少年时代，记忆关注未来，忽视过去。”因此，作者记忆中的故乡才会一如往昔，并没有被乡愁美化。

陪母亲回乡卖房的这一年，马尔克斯二十三岁。出于对文学无比的热爱，马尔克斯在念了三年大学之后，放弃了继续攻读法律专业，选择从大学辍学，希望能靠写新闻和文章为生。

虽然此时的马尔克斯已经小有名气，在报纸上发表了六个短篇小说，既要撰写每日专栏，还雄心勃勃地要与朋友们创办一本杂志。但他微薄的收入和落魄的现状，不能向任何人证明他可以靠文字养活自己。就连跟母亲回老家卖房子的路费，都是向咖啡馆老板借的。

虽然家境贫寒，但他的父母乐观而坚强，不惜任何代价也要供他读书，所以无论如何也不能接受马尔克斯辍学的事实。

看到儿子如乞丐般的模样，母亲心如刀绞。虽然他早已下定决心，要当一名作家，却不知该如何去说服和安慰母亲。

Step 2

马尔克斯的母亲出生于一户普通人家，长大后不顾父母反对，嫁给了镇上的电报员。虽然生活贫困，她却过得十分安稳。这得益于她的两大优点：健康和幽默。而这两大优点，也充分遗传给了马尔克斯。

当火车停靠在沿途唯一一片香蕉园，马尔克斯看到大门上写着“马孔多”。他从小就被这个诗一般的名字吸引，并将它当作一个虚构的镇名，放在他的几本小说中，包括《百年孤独》《枯枝败叶》等。

经过了马孔多种植园后，火车停靠在了阿拉卡塔卡车站，他们终于回到了故乡。当马尔克斯站在寂静的街道上时，他突然觉得自己和母亲此时的处境，就像儿时看到的一个小偷的母亲和妹妹，打着黑伞，要去给那个企图偷东西却被一枪打死的小偷的坟前献花时的情景。

这一幕在马尔克斯的脑海中萦绕多年，直到现在陪着母亲走在同一条街道上，他才意识到当年那对母女心底深重的悲苦和不曾丢失的尊严。

母亲仿佛没有勇气直接回老宅，而是拐进了另一条街，来到一家药店。店里的一切都是昔日的模样，只是经历了岁月的沧桑，有些走样。他们在大夫家吃了午饭。母亲为了让大夫帮腔说服儿子，便将儿子辍学想当作家的事告诉了大夫。没想到大夫仿佛找到了知音，与马尔克斯聊起了文学，相谈甚欢。大夫断定，用不着等到以后，马尔克斯现在已经是个作家了。

这是母亲完全没想到的结果。大夫接着说了一段话：“个人志向与生俱来，背道而行，有碍健康，顺势而行，妙药灵丹。”诙谐而富有哲理的话语，令马尔克斯目瞪口呆，母亲瞬间想通了一切。

从大夫家出来，他们终于来到了老宅。极具戏剧性的是，母亲和房客争论了半天，结果却是这房子没法卖。谁也记不清是谁安排了这次会面，而且，大家都忘了这房子已经被抵押贷款，很多年以后才能结清。

卖房子的事算是结束了，但马尔克斯关于这座宅子的回忆才刚刚开始。

1927 年 3 月 6 日，作为家中的老大，他出生在那栋老宅里。那时的香蕉公司制造着虚假繁荣，而阿拉卡塔卡正在走向穷途末路。

没有什么环境比阿拉卡塔卡这个热闹非凡的小镇、比老宅这个疯疯癫癫的家庭更适合培养马尔克斯的文学素养。家中每天都有来自外公、外婆家乡的客人路过，总会留下吃饭。在马尔克斯的记忆里，老宅更像一个镇子，接纳着来来往往的客人，他们说着不同的方言，带来鲜活的故事。

从小，他就展现出了非凡的文学天赋。他常听女人们的抱怨和私房话，听多了，前因后果了然于胸。他将听来的故事拆散打乱，隐去出处，再说给大人听。就这样，爱讲故事的马尔克斯在很小的时候便无师自通，掌握了最基本的叙事技巧。

马尔克斯永远记得温柔豪放的姨妈、满口俗语的女总管、双目失明的姨婆、开朗随和的姑婆和永远大惊小怪的外婆。正是外婆带领着这群女人做了家里的顶梁柱，才给了马尔克斯一个幸福温暖的童年。

外公是家里除了他之外唯一的男性，是一位革命者。外公跟他描述血腥的战场，带他走进悲惨的成人世界，并鼓励他画画。还坚持带他去看早场电影，第二天让他在饭桌上讲剧情，然后帮他拾遗纠错，解释对他来说晦涩的场景。对电影艺术的初探无疑对小小的马尔克斯大有裨益。

五岁时外公送他一本词典，于是他第一次接触书面用语。这本词典激发了他对文字的好奇心，是促使他走上作家之路的一本关键的书。

为了回乡开药店，父亲带上马尔克斯和弟弟回到了故乡辛塞。当他们正在等着母亲带着妹妹们前来团聚时，却等来了外公去世的消息。直到多年以后，马尔克斯才意识到外公的意外离去对他而言意味着什么。外公带给了他太多的童年回忆，而他的部分生命已随外公而去。

母亲和马尔克斯没能卖掉房子，当他们将要离开时，他深深地感受到了离别的愁绪，他将永远想念这里的一草一木。在他的内心涌起一股无法抗拒的渴望：我要写作，否则我会死掉。

那一刻，马尔克斯第一次感受到“灵感”这个词虽稍纵即逝却具有摧枯拉朽的力量。将母亲送上汽艇挥手告别之后，他飞奔回《先驱报》办公室，连气也没喘，就用这句话作为第二部小说的开头：“妈妈让我陪她去卖房子。”

Step 3

马尔克斯十一岁时，全家搬到了巴兰基亚，开始了新的生活。

父亲是马尔克斯见过读书最多、最杂的人，也是一个很有趣的人。父亲当马尔克斯是大人一样对待，他们畅谈各自读过和想读的书，还从市场上淘来一大堆的连环画，周日还允许他去剧院看早场电影。除了在外公外婆家受到的文学启蒙，父亲对于阅读的热爱也更深地影响了马尔克斯。

新药店生意惨淡，父亲扔下了怀孕的母亲和一大帮孩子，收拾行李去偏远的村庄“淘金”。

那段捉襟见肘的日子，马尔克斯对母亲崇拜得五体投地。他从母亲身上看到了面对逆境誓死抗争的态度。在穷途末路时，母亲总会眉头一皱，计上心来。就算贫穷压得一家人不能动弹，他们也不去别人家倒苦水。母亲说：“穷人的眼睛里都写着‘穷’字。”

《金银岛》和《基度山伯爵》成了他坎坷岁月中的精神食粮。通过阅读这两本书，他明白了一个道理：只有百读不厌的书才值得去读。

每逢假期，他就去印刷厂打工。母亲允许他花薪水买《新闻报》的增刊，因为上面刊登了很多的连环画。马尔克斯先学着画，再试着独立将故事编下去。他的作品成功地引起了一些大人的兴趣，马尔克斯便将这些作品以很便宜的价格卖给了他们。

这是马尔克斯第一次靠自己的才华挣钱，虽然微薄，但却是一次非常可贵的尝试，仿佛预示了他这一生必然要走的作家之路。

马尔克斯从来不认为父亲的离开是不负责任，这恰恰证明了父亲和母亲默契常在，他知道母亲能应付绝望，更能应付恐惧，而这也是他们能活下来的秘诀。

但在一天半夜接到父亲的电话时，母亲卸下所有坚强的伪装，哭成了泪人。之后不到一个礼拜，父亲风尘仆仆地回来了。没过两天，父亲就决定要去苏克雷开连锁药店。于是，在母亲第八次怀孕的时候，他们又举家搬迁到了苏克雷。这是一座充满自由气息的海滨城市，这里没有汽车，出门全靠坐船和走路，孩子们可以自由自在地满街疯玩。

还没等他玩够，父母就决定让他回巴兰基亚念中学。那所中学是加勒比要求最严格、收费最昂贵的中学之一。马尔克斯不知道父母哪来这么多钱送他上学，只是在对他的教育问题上，父母从来没有犹豫过。

十二岁第一次远离家人去上学，他既憧憬又害怕。但是，只要有灯，他就能一直不停地看书。

来到圣若瑟中学，看书占据了他的业余时间和几乎所有的课堂时间，他在课堂上明目张胆地把书放在膝盖上读，老师却宽容地睁一只眼闭一只眼。

他还跟校长聊过几次，校长选择的话题、大胆的解释，都让马尔克斯坚信，校长把他当作大人看待。不得不说，无论是在家里，还是在以管理严格著称的圣若瑟中学，马尔克斯都得到了最宽容的对待，他的天性得到了最好的滋养。

等到马尔克斯第一个假期回到家时，父亲突发奇想，派他去妓院收几笔账。没想到这次收账，竟然促成了马尔克斯由男孩到男人的转变。

此后，他甚至认识了一名有夫之妇玛蒂娜，每周六都要跟她约会。玛蒂娜不但是他的情人，还帮助无心念书的马尔克斯补习功课。在玛蒂娜的帮助下，马尔克斯超过年级第一，获得优秀奖章及各种荣誉。

但在下一个假期来临时，玛蒂娜却向他提出了分手。因为他们的故事只是漫长生命的一段过往，最终要分开，走回各自的人生轨道。马尔克斯别无选择，含泪与她分手后，决定重新做人。

在这本书中，马尔克斯毫不避讳自己年少时的荒唐经历。每个人的生命旅途中都会有一些永生铭记的日子，这些日子或幸福或痛苦，或喜悦或忧伤，或闪亮或暗淡，但却是真实人生的组成部分。

离开圣若瑟中学后，马尔克斯在苏克雷度过了很关键的一年。他靠写诗进入了公众视野，写儿童剧，参加慈善义卖，甚至帮竞选市政官员的人撰写演讲稿，忙得不亦乐乎。他的才华令父亲对他另眼相看，他成了父母的骄傲。

父母决定，送他去波哥大继续念书。于是，马尔克斯再次伤感地告别家人，踏上了去波哥大的轮船。

Step 4

每次旅行都是重要的人生课堂。马尔克斯说，他想变回孩子的唯一理由就是想重新享受那段旅程。对马尔克斯而言，旅行带给他的知识比在学校学得多、学得好。

野惯了的马尔克斯，来到了那个由修道院改建的国立中学。在这里读书的学生就是全国各地人群的缩影，马尔克斯交了很多朋友，爱好香烟和女人的恶习，也是在这里沾染上的。

或许他会忘了被关在男子中学期间究竟学到了什么，但和同学们相处这四年培养了他对国家的全局观。马尔克斯在书中写出了令他终生难忘的感悟：“我们彼此迥异，各有所长，合起来，便是国家。”

对马尔克斯来说，这是一块理想的土壤。和在圣若瑟中学一样，他逢书必读，无论在课堂上，还是课后，他都在读书。中学的最后两年，他几乎实现了将哥伦比亚人写的书通读一遍的目标。至于对今后的人生是否有益，他不敢妄下定论，但事实证明答案是肯定的。

第二次世界大战结束的消息传来时，他和同学们欢欣鼓舞地走上街头，来了一次即兴演讲，那也是他前七十年的生命中唯一一次在公众场合即兴演讲。

之后，学校举办任何公开活动，都会安排他上台，任何隆重的场合都有他的身影。但随着时间的流逝，他却患上了舞台恐惧症。无论是出席盛大的婚礼，还是在小酒馆，他都一言不发。或许，这就是成长，一种由外向内的成长。

马尔克斯还加入了学校成立的“十三诗社”，开始学着写诗。但后来他发现，那些习作只是技巧性练习，无灵感和追求可言，也并非发自内心，没有文学价值。但这正是每一个热爱文学的人，必然要经历的阶段。

住校生们对国内政治兴趣索然，但政治还是闯进了校园，学校内部也出现了保守派和自由派的党派之争。马尔克斯与同学们筹办了一份报纸，他兴高采烈地答应做主编。连校长也在文章中号召同学们必须勇敢地、有意识地与出卖国家利益以及阻碍国家自由前进的人做斗争。

但当报纸即将发行时，一支荷枪实弹的军队闯进校园，将待发行的报纸全部没收，理由是报纸言论反动。校长也被撤销了职务。

在风雨飘摇中一路走来，对于将来要谋什么出路，马尔克斯毫无头绪。过了很久，他才意识到，对作家而言，这种挫败感也有用处。

二十年后，马尔克斯将这件事写进了他的第三本小说《恶时辰》。又过了两年，这本小说参加创作大赛，获得了高达三千美元的奖金。适逢马尔克斯的二儿子出生，可谓双喜临门。

马尔克斯是全家的骄傲，所以，他无法只做自己想做的事。面对未知的前途，他感到一片茫然。在高中的最后一个假期，他每天以酒会友、肆意妄为，直到跟母亲深谈过几次后，才答应会好好读完高中。

从国立男子中学毕业后，他来到波哥大国立大学攻读法律。

在大学里，马尔克斯有了更多的时间继续与书为伴。大学生们常常流连在几个咖啡馆内，争相传阅二战之后翻译出版的新书。这些咖啡馆是活跃的文化传播中心，常有大诗人和当代著名作家出入，马尔克斯总是想方设法坐在离他们最近的桌边，偷听他们的对话。他总是会在那里听到很多值得学习的新东西。

有一天，室友借给马尔克斯一本卡夫卡的《变形记》。读完后，他被卡夫卡无可比拟的才华所震撼，不禁开始模仿着写故事。正巧《观察家报》的主编在报纸上发表言论，感慨哥伦比亚新一代作家乏善可陈、后继无人。

马尔克斯将此视为战书，很快写出一个短篇小说，亲自送到了《观察家报》的传达室。没想到，过了两周，他的短篇小说《第三次忍受》就被刊登出来了。

这是他印成铅字的第一个短篇小说。他按捺住激动的心情，一口气读完，才觉得这篇小说晦涩难懂、支离破碎，实在不怎么高明。但朋友们却对他的作品大加赞赏，认为他已跻身于知名作家之列。

生活在波哥大这个诗歌至上的大学，连马尔克斯自己都无法解释，他为何要坚持不懈地写短篇小说。由此可见，他的志向就只是讲故事，从没有想过要成为一名诗人。即使他贫穷得连一份报纸也买不起，即使他发表的小说根本没有稿费，即使他再次让母亲伤心，让父亲失望，他也一往无前，从没想过放弃。

Step 5

大学课堂对马尔克斯来说好比监狱。授课的都是大师，可惜学生们没兴趣。当年教过他的老师，有未来的总统阿方索·洛佩斯·米切尔森。

当马尔克斯逃课逃得见不到人影的时候，就被这位老师叫回来参加考试。在这个崇尚文学的地方，马尔克斯的才华总是能发挥更大的作用，一次次帮他度过危机。后来，他还和这位未来的总统成了亲密的朋友。他们在一起畅谈文学，从而忘记了政治。他在法律系神奇地耗了十六个月，什么也没学到，只换来一帮毕生的挚友。

大学校园并不是象牙塔，老师们也分为自由派和保守派，甚至上课时也不掩饰他们的政治倾向。

马尔克斯没有政治头脑，只管畅游在文学世界里，对眼前的现实视而不见。一天，他的大学好友突然决定听从内心的召唤，收拾行李去投奔距波哥大一百多公里的神学院。他受到启发，也暗下决心不能在法律系虚掷光阴，但他没有勇气面对父母。

他继续创作短篇小说，在他看来，任何一次奇妙的经历都可作为小说的绝妙素材。虽然马尔克斯后来觉得那个时期的小说荒唐离谱，全都缺乏真情实感。但是，那些短篇是他对小说创作的一种摸索，具有很重要的意义。

经历了四十多年的和平时期后，国内的时局渐渐紧张起来，新的内战一触即发。而大学则是国家脉搏跳动得最强劲的地方。

1948 年 2 月 7 日，自由派的候选人盖坦召开政治集会悼念政府暴力下的无数遇难者。口号只有一个：保持静默。这是马尔克斯平生第一次参加政治集会，几万人组成静默的人海，感人至深，让他不由得泪流满面。或许，这就是沉默的力量。它让所有人反思，内战给人民带来的深重灾难和无尽伤痛。

4 月 9 日，发生了一件震惊全国的大事件：盖坦在一家咖啡馆门前遇刺身亡。紧张的国内形势终于随着盖坦的遇刺而暴发，波哥大顿时变成了人间地狱。穷人从各个角落钻出，烧杀抢掠，无恶不作。无数狙击手躲在暗处向人们开枪，死亡人数已经无法统计。

在舅舅家避难数日之后，马尔克斯终于在弟弟的帮助下，离开了正处于水深火热的波哥大，坐上了飞往卡塔赫纳的飞机，去那里的大学继续完成学业。他知道自己这一生都不可能当律师，只想争取时间稳住父母。可是，马尔克斯没想到，这一趟行程会让他决定：就在那儿生活下去。

跟波哥大相比，卡塔赫纳仿佛是与世隔绝的世外桃源，它的壮丽与和平，让马尔克斯感到重获新生，萌生了强烈的归属感。

在周末舞会上，他遇见了一位波哥大的熟人，也正是这位热心人，把马尔克斯介绍给了《宇宙报》的主编萨巴拉。

马尔克斯并不想进入新闻行业，他想成为与众不同的作家。在波哥大的《观察家报》发表了几个短篇之后，他感觉自己进了死胡同，不知道该如何突破写作的瓶颈。但没想到，那几个短篇令马尔克斯声名远播，连主编萨巴拉也读过，并给予了很高的评价。

就这样，他开始了自己的记者生涯。

报社为他开设了每日专栏。在编辑部待了近两年，他每天都绞尽脑汁写文章，少则一篇，多则两篇，极大地锻炼了他的写作能力。

马尔克斯逐渐适应了报社的工作。作为一名报社记者，他顾不上学业，将自己手中的笔化为一杆枪，向暴力和独裁发起了挑战，但绝无党派色彩。这一生，他从未加入任何党派。

他胡乱吃，胡乱睡，常常和朋友们流连在酒馆和妓院，也经常与报社的朋友们彻夜长谈，马尔克斯在书中写道："我们不喝水，不喘气，只抽烟，人生苦短，只怕来不及畅所欲言。"

为了送别一位马戏团的朋友，马尔克斯来到了巴兰基亚。在这里，他又认识了在《民族报》共事的阿方索、阿尔瓦罗和赫尔曼。从咖啡馆出来之后，他们已经是莫逆之交。和文艺界人士的神奇友情给了马尔克斯勇气，使他熬过了如今想来依然是人生中最没把握的那几年。

Step 6

那些日子，公共秩序不断恶化，新闻审查越发严格，社会环境糟糕透顶。马尔克斯并没有意识到，他们的日常生活已经发生了恶劣的变化，依然夜夜笙歌。直到有一天，主编萨巴拉冷冷地对他说："告诉我，加夫列尔，你做这些混账事的同时，有没有意识到国将不国？"

一针见血的话语顿时将马尔克斯击倒，他喝得烂醉，被瓢泼大雨浇成了落汤鸡，患了肺炎。于是，他回到苏克雷的家里养病。十六个月前，母亲刚生下最后一个弟弟，算上他，家里一共有十一个孩子。

国家危机与家庭烦恼息息相关，家里还是那样贫穷，艰难度日。好在父母一如既往地乐观，相信每个孩子的胳膊底下都夹着属于自己的那块面包。

在苏克雷养病期间，他意识到自己混沌的人生状态，找不到未来的方向在哪里。于是，病好之后，他离开《宇宙报》，离开大学，来到了巴兰基亚。

1950 年，他开始在《先驱报》社论版发表文章。日常工资只够付房租，但他对荣誉和金钱一概不感兴趣。那些日子里，马尔克斯不间断地写作，不间断地抽烟、读书，可长篇小说创作毫无进展，他的情绪跌落至谷底。

然后就出现了本书开头的场景，陪母亲去阿拉卡塔卡的卖房之旅把他从深渊中拯救了出来。这次旅行让他亲身体会到之前的小说只是胡编乱造，堆砌辞藻，完全没有现实基础。原封不动保留在老宅里，不知不觉间牵动的情感才弥足珍贵。书名也不请自来，取自外婆描述香蕉公司造成的破坏：枯枝败叶。

在马尔克斯与朋友创办的《纪事》周刊即将面世的时候，他也将自己的全副身心投入到《枯枝败叶》的写作之中。小说越写越顺，甚至反客为主，拉着他前行。

苏克雷本是人间天堂，如今也被政治暴力搅得天翻地覆。父母再次决定举家搬往卡塔赫纳，并且已经帮马尔克斯在那里找了一份工作。家里一贫如洗，他无法拒绝父母的提议，只能从《纪事》周刊辞职，离开巴兰基亚。

一切周而复始，马尔克斯又回到了《宇宙报》。主编萨巴拉将政治智慧传授给他，教会他如何在畅所欲言的同时，通过审查。

不幸的是，他们一家还是没能战胜贫穷，一年以后，马尔克斯担任闲差的人口普查办公室关门大吉。为了找寻出路，他不得不再次离开卡塔赫纳，又搬回巴兰基亚。

一个偶然的机会，马尔克斯从朋友穆蒂斯那里得知，布宜诺斯艾利斯的洛萨达出版社可能会出版《枯枝败叶》。他激动万分，立刻开始如痴如醉地疯狂修改和检查稿子。

苦等两个月之后，等来的却是退稿信。这犹如晴天霹雳，给了马尔克斯沉重的打击，很久之后，他的情绪才逐渐平复。他知道，无论退不退稿，《枯枝败叶》都是陪母亲回乡卖房之后，他最想写的那本书。书中维系着他所有的乡愁记忆，这就够了。

朋友们为马尔克斯提前庆祝了二十七岁的生日，在他们的劝说和祝福下，也为了能有一份稳定高薪的工作，马尔克斯终于离开巴兰基亚，重返波哥大，踏上了人生新的征程。

同伴们热情地欢迎马尔克斯的到来，他成了《观察家报》的一名专职记者，在这个国家的政治中心，和同事们一起并肩作战，为他们心目中的正义事业而奋斗。

马尔克斯本是一个对政治完全不敏感的人，只爱遨游在文学的世界里。但他的文学才华在冥冥中引领着他走向新闻界，常年内战的国家迫使他面对严峻的社会现实，让他拿起手中的笔，做一个有深度的记者，还原被试图掩盖的真相。

他坚持不懈地经受着新闻业的磨砺，找素材，定主题，写报道。他终于找到了自己的方向，认为自己为国家做贡献的最好方式就是继续当记者，而不被任何人扯进任何党派。

在一次驱逐舰的海难事件中，马尔克斯坚持刊登连载，揭露军方向公众隐瞒的惊天内幕，在社会上引起爆炸性的反响。于是，真真假假的死亡威胁向报社涌来，为了避开危机，报社将马尔克斯派向日内瓦采访四国首脑会议。

在飞机上，马尔克斯抑制不住对未来妻子梅塞德斯的思念，给她写了一封信，并且很无赖地在末尾加上了一句点睛之笔："一个月不回信，我就定居欧洲。"一周之后，当他回到酒店，看见了回信。

这便是马尔克斯留给世人的一部未完成的自传。这是一本书的结局，也是他和未来妻子美好爱情的开始。

Step 7

书虽已完结，但生活仍在继续。马尔克斯在书中也提到，原本计划不到两个礼拜的采访，他却在那里待了近三年。

当他被派往欧洲之后，《观察家报》就被政府查封，无法再继续给他寄钱。被困于巴黎的一家小旅馆中，他没钱交房租，也没钱吃饭。他给所有朋友写信，却没有收到一封回信。在等朋友们救济的时候，马尔克斯几乎研读了海明威所有的作品，并用他的“冰山理论”，写出了《没有人给他写信的上校》这本书。

或许，从那一刻起，马尔克斯就从海明威手里接过了文学的接力棒，开启了一个新的时代——虽然人们意识到这一切，还要再等十年，等马尔克斯写出震撼全世界的《百年孤独》。

当年离开巴黎时，他身无分文，好心的房东没有收他的房租，并祝他好运。二十多年后，获得诺贝尔奖的马尔克斯专程去这家小旅馆偿还房租和利息，房东已经不在，房东夫人流着泪说，他是唯一记得来还房租的人。

生活虽然颠沛流离，但马尔克斯很幸运地遇到太多好人，他们的善良温厚令他相信，即使身入泥沼，也能向阳而生。他也曾迷惘过，不知道人生的方向在哪里。是那次陪母亲回乡卖房的经历让他在困境中找到了突破的动力。

文中有这么一句话：“那天晚上，我像战场上的战士一样视死如归地发下誓言：要么写作，要么死去。或者如里尔克所言：‘如果您觉得不写也能活，那就别写。’” 由此可以得知，从那时起，他才清楚地知道自己不写不行，他不能选择除了写作之外的其他生活方式。

尽管马尔克斯生来是讲故事的天才，但他最终成为举世无双的文学大师离不开大量的准备工作和写作训练，他付出的艰辛和努力是常人难以想象的。

但马尔克斯写作的最大动力还是兴趣。从小到大，读书对他来说都是天下最美妙的事情。为了读书，他可以不眠不休；为了写作，他可以连续工作十个小时；为了和朋友们畅谈文学，他们可以从深夜聊到天明。可以说，文字已经深入他的生命当中，二者永远不可分割。

马尔克斯一生交了很多好运，源自他很小就显露出来的才华。在卡塔赫纳小学的入学考试中，由于没有阿拉卡塔卡小学出具的成绩单，他差点儿报不了名。但他靠着广泛的阅读量和庞杂的知识量，跟考官侃侃而谈半个多小时，最后不但入了学，还得到了校长的关照，可以将校图书馆的书借回家。

在去国立男子中学的旅途中，马尔克斯遇上了一位乘客，他称之为“不知疲倦的读者”。因为那位乘客从早到晚都在不停地读书，他还拥有一本名为《双重人格》的书。马尔克斯发疯似的想读，却开不了口。

下了轮船之后，马尔克斯就将这事忘了，没想到在火车上又遇上了他。马尔克斯不但教他唱一首在船上听到的歌，还帮他把歌词写了下来，最后终于斗胆向他提起了那本《双重人格》。

下了火车，那位乘客追上马尔克斯，将那本书塞在他手中，便消失在了人群之中。来自陌生人的善意温暖了那个波哥大的寒夜。

1948 年，当马尔克斯离开暴乱中的波哥大，参加卡塔赫纳大学法律系的入学考试时，他对抽到的题目一窍不通。正当两眼一抹黑之际，考官突然提到《汤姆叔叔的小屋》这本书，于是他赶紧接过话茬。结果，一场考试变成了有趣的对话，分数自然不错，还赢得了一些掌声。

谁也不知道，你学过的知识，读过的书，会在人生的什么时刻给予你回报。所以，越努力，越幸运。

在这个热闹的世间，马尔克斯体会得最深刻的，还是孤独。他常常躲在僻静的角落，不间断地写作，不间断地抽烟，直到天明。

因此，十年后，他在《百年孤独》中写道：“生命从来不曾离开过孤独而独立存在。无论是我们出生、我们成长、我们相爱还是我们成功失败，直到最后的最后，孤独犹如影子一样存在于生命一隅。”

成长史，家族史，文化史，国家史，交互糅杂。我看到一个老人坐在炉火旁遥思冥想，尽数前世今生。

他说：“生活不是我们活过的日子，而是我们记住的日子，我们为了讲述而在记忆中重现的日子。”他还说，“我年轻过，落魄过，幸福过，我对生活一往情深。”

如此足矣。

Chapter 5

老人与海 · 人可以被毁灭，却不可以被战胜

『没有什么胜利可言，
挺住就意味着一切。』

普利策奖、诺贝尔文学奖双料得主海明威扛鼎之作，影响历史的百部文学经典之一。这本书创造了人类出版史上的一个奇迹：四十八小时售出五百三十万册。

Step 1

《老人与海》这本书篇幅很短，英文版原著仅有区区的两万七千余字，翻译成中文也只有四万多字。故事的主要情节也很简单，全篇都围绕着一位老年古巴渔夫——圣地亚哥与一条巨大的马林鱼在离海岸很遥远的湾流中搏斗，以及由此展开的故事进行讲述。

故事发生在墨西哥海湾，主角圣地亚哥是一位孤独的老人，虽然年纪渐大，他依然每天摇着一只小船在海湾里捕鱼，过着清贫却自给自足的生活。

但他的生活里也并不是没有其他人——小说里另一位人物，马诺林，这个从五岁起就跟圣地亚哥一起在海上学习捕鱼的小男孩，就常常来陪伴和帮助老人。

故事一开始就弥漫着悲观的色彩。圣地亚哥已经整整八十四天没有抓到一条鱼了。前四十天，小男孩马诺林始终陪伴着他，但四十天后依然一无所获，马诺林的父母就把他叫回去，安排他到别的船上去了。

已经第八十四天了，圣地亚哥运气差得很，仍然一条鱼都没有抓到。

这一晚，马诺林和老人在小棚屋里煞有其事地探讨着晚餐、棒球队的输赢，也并不忌讳八十四天都没有捕到鱼这件事，反而大方地拿出来调侃：“你觉得咱们要不要去买张尾数是八十五的彩票？明天就是第八十五天了。”

男孩说：“按照你的纪录（最长八十七天没有捕到鱼），去买一张尾数是八十七的怎么样？”

这或许是对贫穷生活的小小玩笑，或许是用来安慰自己的方式，但不能不说这样的话语，仍然倔强地传达出了一些乐观精神。

老人与马诺林的对话、相处，并没有什么精彩的地方。既没有众多的人物、曲折的情节、文采飞扬的语言，更没有离奇、惊险或哀婉的情绪。但经典之所以为经典，或许有很重要的一点，就是不管是谁来读这本书，都会从中窥见自己的影子、自己生活的片段。海明威通过对老人八十四天没有捕到鱼以及处所寥落的细致描绘之后，慢慢地让我们产生了一种惆怅的情感：是啊，成年人的世界，就是这样不容易，这才是真正的生活。

相信大多数在生活的泥泞里挣扎过的人，在阅读这一部分的文字时，都会联想到自己的生活。谁不是这样一步步走过来的呢？

另外，也不得不提一下海明威在《老人与海》中独特的创作手法。

海明威曾经这样谈论对人物的描写：

作家写小说应当塑造活的人物。人物不是角色，角色是模仿。如果作家把人物写活了，即使书里没有大角色，但是他的书作为一个整体有可能留传下来；作为一个统一体，作为一部小说，有可能留传下来。

在他的纪实性作品《午后之死》中，海明威第一次把文学创作比作漂浮在大洋上的冰山，他说："冰山运动之雄伟壮观，是因为它只有八分之一在水面上。如果一个作家省略的是他所不了解的东西，那只会给他的作品留下空白。"展露在海面上的仅仅是其一角，但却给人留下了广阔的想象空间。这就是海明威写作上的"冰山理论"。

虽说海明威行文风格惜墨如金、异常简洁——用现在流行的说法，就是文字里的"性冷淡风"，但他却从不吝啬对细节的精雕细琢，他是在"刻画人物"，这也是他所说的那八分之一留在水面上的冰山。这一点我们从这本书前二十页里，对圣地亚哥外貌的描绘，就能够深刻感受到了。

圣地亚哥脖颈后几道深深的沟壑、两腮的褐色斑块，他那双因为长年拉网而勒出疤痕的双手，他那双像海水一样蔚蓝的、透露出年轻气息的眼睛……

诸如此类对老人样貌的描写，以及老人和小男孩对话时的语言、语气，都是海明威手中的刀，在一丝丝刻画出圣地亚哥这个人物。

Step 2

海明威曾说，在这部作品里，他想要写的是“一个真正的老人，一个真正的孩子，真正的大海，一条真正的鱼和许多真正的鲨鱼。”

为此，他采用了自然纪录片式的情节递进与叙事手法，弱化村庄和人群的模样，聚焦出海和捕鱼的过程，并不惜笔墨、极为详细地描绘了一名渔夫是怎样在海上捕鱼，又是怎样看待他们赖以生存的大海。

他用了不少文字描绘海上风光，那深蓝得发紫的海水、在阳光照耀下变幻出奇光异彩的浮游生物、漂浮的水母、游动的小鱼、跳跃的飞鱼……他也毫不吝啬笔墨，描写了人与其他生物、生物与生物之间互相牵制的关系。

在这些文字里，人和自然开始有了交流和沟通，彼此互相牵制，又因此而呈现出和谐的状态。海明威对自然有关注、有热爱、有赞美，但也有征服。只是圣地亚哥对自然的征服，更多的是精神层面的。

圣地亚哥的一生，是作为渔夫的一生，他的职业和生活的绝大部分，就是捕鱼。以圣地亚哥为代表的人类，在通过捕鱼这一行为来满足自身需求的过程中，完成了与自然的融合。这里的需求，一方面是指物质需求，海洋是老人生存资料的提供者。因此，老人的生存与海洋有着密切的联系，长期与自然相处，让他对自然有所了解，彼此相融。

另一方面则是情感的需要。海洋给了老人尊严，正是因为海洋的存在，他才能养活自己，并创造属于自己的价值；而那些飞鱼、海龟等海洋生物，则从另一种角度，化解了老人自己一人在海上的孤独感。

而海明威所描写的这一次捕鱼，不仅是圣地亚哥为了生存、填饱肚子的生理需求，更是作为渔夫的老人维护自己尊严的需求。

他可以无视被称为“倒霉蛋”，但不能遗忘自己作为渔夫的使命，和自然、和霉运斗争与对抗。老人有一颗不容易屈服的心。

“一个人并不是生来要给打败的，你尽可以把他消灭掉，可就是打不败他。”对老人“硬汉”形象的塑造，其实从这里开始，就已经埋下了伏笔。

我们暂且从海明威笔下人与自然关系这一话题中走出来，看看小说里的圣地亚哥，除了漫无边际的孤独感，又发生了怎样的故事。

老人依然关注着那只军舰鸟，当看到鸟儿再一次在空中盘旋时，他大声喊道：“它找到鱼了！”

圣地亚哥自己也不记得，是从什么时候学会自言自语的。或许是因为男孩的离开，他开始把心中所想的话通通大声说出来，“反正也吵不到别人”。

太阳火辣辣地照射着老人，他感觉到汗水正顺着脊背往下淌，心里想着今天已经是第八十五天了，得好好战斗一番才行……

正望着钓绳想得出神时，一根鱼竿陡然一弯——“得啦！”他说，“得啦！”

老人钓到鱼了。他轻轻地捏着绳子，感受着大海往下一百八十米深处的大鱼，正在吃挂在钓钩上的沙丁鱼。通过鱼儿所处的深度和当时所在的月份，老人知道这肯定是条大鱼。但有那么一会儿，老人完全察觉不到鱼的动静，这不免让人怀疑大鱼是否真的上钩了……

直到钓绳又一次被轻轻地触碰，继而传来微微的拉力，紧接着，老人感受到了大海深处有个又猛又重的东西在拉，力量之大让人不敢相信。这绝对是一条惊人的大鱼！

为了钓到大鱼，老人开始放长线，把早早准备好的备用绳都撒开了。

大鱼已经咬钩了，老人知道，大鱼正把鱼饵横叼在嘴里，准备游开……

圣地亚哥也在暗暗摩拳擦掌，准备与这条大鱼一战。已经是没捕到鱼的第八十五天了，他不愿意再放过这个机会。

Step 3

圣地亚哥运用着几十年来从大自然学来的知识，终于在没有捕到鱼的第八十五天，成功地吸引到了一条鱼。

湛蓝的大海变成了一个残酷的战场。平静的海面上，老人站在渔船上，熟练地运用着自己的捕鱼技能：他让钓绳从指缝间往下滑，放出长线，为的是尽量不惊动大鱼。

而在一百八十多米以下宁静的深海里，一条不知有多大的鱼，嘴里咬着金枪鱼，在黑暗中游走。

老人和大鱼一个在等待，一个在试探，大鱼究竟会不会去吃金枪鱼，并因此上钩，成了老人心里最忐忑的事，但圣地亚哥仍然在心里想着：这条鱼接下来会一转身就把诱饵和鱼钩一起吞下去的。

终于，老人的耐心让大鱼误以为金枪鱼很安全。大鱼上钩了。

圣地亚哥伸出左手，快速地把两卷备用绳的绳头系好。除了手头的长绳，他还准备了二百多米的备用绳。他决定让大鱼好好地吃一顿，以便于钓钩稳稳当当地穿过它的心脏，并等待着大鱼慢慢游出水面。

但一切并没有那么顺利。

当老人一声大叫之后，抡开膀子，双手交替着把绳子往上收时，才发现无济于事。大鱼自顾自地慢慢游开，老人根本拽不动它。

钓绳绷在老人的脊背上，绳上的水珠因为力的作用四处飞迸，老人紧抓着绳子不放，身子抵紧坐板向后仰，来抵挡绳子向海里下坠的拉力。

海里的大鱼却似乎毫不费力地拖着小船慢悠悠地向西北方向漂去。

此时，老人已经无暇顾及另外几只鱼饵了，他知道自己成了船上的拖缆桩，他和船一起被大鱼拖着越漂越远，但他不能松劲儿，更无法把绳子系在船上，因为大鱼会把绳子扯断，一旦大鱼往海底下钻时，一切就更糟糕了。

老人又开始大声地自言自语起来："要是男孩跟我一起来就好了！"

但现实却是：他只有自己一个人，没有帮手，没有捷径，只能硬扛，和大鱼比一比谁更耐心，谁又能坚持得更久。

老人钓到大鱼时是中午时分，但一直到夜里，他仍然没有看到对手的模样和大小。此刻的他早已到了看不见陆地的海域，但他一心只想着一定要坚持下去。

没有什么胜利可言，挺住就意味着一切。

漫长的僵持过程，圣地亚哥思绪翩飞，他一会儿想着自己和大鱼再这样下去，只会彼此都奈何不了对方；一会儿，他又大声说道："要是孩子跟来就好了。可以给我帮帮手，也看看这次是怎么打鱼的。"

他想：无论谁老了都不该孤苦伶仃地一个人过。但现实永远是，在你最需要另一个人的陪伴和帮助的时候，往往却只有自己。

圣地亚哥想象着自己钓到的这条大鱼，甚至对它心生怜悯，他觉得这条大鱼很棒，身强力壮、行为怪异，居然没有乱冲乱跳。可大鱼却突然顿了一下，巨大的拉力扯得他脸朝下摔在船板上，眼眶一下划了一个口子，鲜血顺着面颊流了下来。

“它能撑多久我就能撑多久。”老人这么告诉自己。

太阳高高地升起来了，和大鱼在海上耗了近一天一夜，胜负还很遥远，圣地亚哥的右手受伤、左手抽筋，难道，这是命运在不停地暗示老人投降、放弃吗?

在无边无垠的海上，绝望、孤寂就像海水一样浩瀚，身体和心灵都已经越来越疲惫，老人只能通过自己的意志力坚持着，并且不停地和自己、和海洋上的万事万物对话。

诚然，在捕鱼时他也曾怀疑过自己的职业，不可避免地要伤害一些生物，但他依然有一颗善良之心，他仿佛是大自然的孩子，一回到大海，就像回到了幸福所在。他对大海是有爱的。他也有勇气，不只是像个战士一样在海上战斗，更是为了生活而扛起那份职责。

老人和海，爱和勇气，现实、矛盾，又如此和谐、美妙。孤独让人产生幻想。

Step 4

在和大鱼折腾了好几个小时之后，战斗仍未正式拉开帷幕……

过了一会儿，圣地亚哥的右手感觉到绳子上的拉力和之前不一样了，鱼一点一点浮了起来。在阳光的照耀下，它显得光彩夺目，镰刀般的大尾巴没入水中。

他在心里想着："这是一条大鱼，我得叫它服我。"

老人打了一辈子的鱼，见过很多重达一千多磅的大鱼，但是他从来没有一个人在远离陆地的远海，和一条大鱼绑在一起。何况此时的他，左手依然在抽筋，五个手指头像鹰爪子一样紧紧蜷缩着。

大鱼游动的速度慢了下来，老人松了口气，继续坚持着稳住绳子。幸运的是，中午时分，老人的左手终于松开了。大海平静地闪烁着光芒，老人开始机械地做起祷告，念完祷词后尽管身体还如之前一样难受，但他还是觉得好多了。

圣地亚哥觉得这条大鱼很了不起，但是"我还是要杀死它"，"尽管这么做很不公平"，"可是我要让它看看一个人能干多少事儿，能吃多少苦"。

圣地亚哥试图通过联翩的浮想来转移注意力，并增强自己的信心。

此时，大鱼的速度又明显慢了下来。但圣地亚哥的境况也不好，被粗钓绳勒疼的脊背疼过了头，已经麻木了。但他觉得，比这更糟糕的事自己都经历过，何况现在又有了海豚作为食物储备——哪怕几个小时前还在庆幸自己吃的是金枪鱼，不是海豚。生吃完海豚肉，他面朝下趴着，整个身子压在绳子上，重量全部抵在右手上，睡着了。

他不知道睡了有多久。突然，右拳突然拱到了脸上，老人一下被惊醒了。大鱼又有大动作了！说时迟那时快，海面像被炸开了，大鱼突然跳出海面，又马上“嘭”的一声坠下去。如此反复了好几次，一次又一次地加大力气。老人的钓绳都要绷断了。

老人的大脑飞速地运转着，各种各样的想法都冒了出来：要是马诺林在就好了。大鱼为什么会突然发飙？好在，跳跃了十几次的大鱼，气囊里灌满了空气，这样一来它不会沉到海底，死在老人捞不起来的地方了。

大鱼停了下来，老人用左手和肩膀抻住绳子，弯下腰用右手捧了一捧水，洗掉粘在脸上让他感到恶心的海豚肉，并且把受伤的右手浸在海水里。

“疼痛对男人来说不算是事儿。”他对自己说道。然后拣起剩下的一条飞鱼，一点儿都没浪费，连骨头、尾巴都嚼碎了吃下肚去。

此时，自这次出海以来，已经是老人第三次看到太阳冉冉升起了。

大鱼一直在慢慢地绕圈，老人累得骨头都要散架了。突然，老人手中的绳子再一次猛扯猛顿起来，这股力量又急又狠又重。大鱼正用长吻撞铁丝，老人担心它又跳跃起来，只能又放了一些绳子出去。这时候，鱼朝小船游过来。

它平静而沉着地兜着圈子，老人也随着它的行动慢慢收起绳子，等待着大鱼的靠近，以便自己能够拿到渔叉刺向大鱼。

圣地亚哥已经把一切都准备好了，大鱼也如他所料地兜过来，老人使尽浑身力气把大鱼往自己跟前拽，鱼稍微地偏了一下身子，又开始兜圈，老人却开始感到眩晕了。

老人打起精神又一次尝试，还是失败。他的嘴巴已经干得说不出话了，但他却一直给自己打气：你行的，你永远都行！

又一次尝试，又一次差点儿成功。

他调动起自己所有的痛苦、所剩无几的气力和久违的骄傲，再一次提起精神去对付大鱼猛烈的垂死挣扎。大鱼被刺痛，高高地跃出水面，接着又坠入水中，浪花四溅，泼了老人一身，泼了小船一船。

读到这里，相信你也和我一样，被圣地亚哥的坚强、自信所感染，他在挑战自己的极限，他的勇气和力量让他能够在大海上，成为一名真正的男子汉，直面痛苦，无惧失败。

Step 5

老人终于制服了大鱼，但战斗并没有结束，头晕目眩、恶心难耐的他，还需要考虑如何带着大鱼返回到遥远的海岸，以及面对更多难以预测的情况。

小船无法装下大鱼，老人只能将它捆绑固定在小船上，然后撑起桅杆，扬帆回家。他们在夜晚的海面上慢慢航行着，直到突然出现了一条鲨鱼。

那是一条灰鲭鲨，是大海里游得最快的生物之一。灰鲭鲨一赶上小船，就急不可耐地扑向船艄去咬大鱼。与此同时，鲨鱼的头露出水面，它的背也浮了上来，老人迅速而有力地把准备好的渔叉戳进鲨鱼的脑袋，他戳得很坚决，使尽了全身力气。

灰鲭鲨在海面上翻转了几次，眼睛已经没有了生气，是的，它死了。这就胜利了吗？不。灰鲭鲨咬走了四十磅鱼肉，让老人损失了渔叉和绳子，更为严峻的是，被咬得破烂不堪的大鱼流着血，喷香的味道随风扩散，这会吸引来其他的鲨鱼。

老人安慰自己，因为先前的事太好了，结果就难免不顺。但是无论如何，人生来可不是给打垮的。人可以被消灭，但不能被打垮。

微风徐徐地吹着，一切都显得那么安宁，然而这难得的静谧却是灾难降临的前奏。

鲨鱼又来了！此时，圣地亚哥连个渔叉都没有。

他看到了一条“大花皮”，而后是第二条。它们闻着鱼肉味，离小船越来越近。其中一条张开半圆的嘴巴冲过来，老人举起绑在桨上的刀，对准它的大脑，一把捅进去，再抽出来；继而照着鲨鱼像猫一样眯缝着的眼睛晃，一下攮进去。

但另一条却不是直接过来的，而是转身消失在船下，从船底对大鱼又扯又拽，老人趁着鲨鱼伸出鼻子向大鱼靠近的时候，不偏不倚地扎在它扁平脑袋的中心，立马又收回刀，对准那个要害部位再次扎下去。

两只鲨鱼都死了，但战斗仍然没有结束，老人知道，这或许还会有更多的鲨鱼。

圣地亚哥是最好的渔夫，几十年叱咤海洋的经历，让他拥有娴熟的捕鱼技能，以及对付鲨鱼的方式。但是每个人都会有局限，再聪明能干的人，也总会遇到限度，触碰到自己的天花板。

老人持续八十四天没有捕到鱼，这是他的限度。但是他并没有沮丧和倦怠，而是继续出海向极限挑战。

他终于发现了一条大鱼，但也因此被拖到远海上整整两天三夜，浑身伤痛，血肉模糊，这也是他的限度。但是他没有放弃，而是勇敢挑战，努力想砸开局限自己的天花板。

终于，老人战胜了大鱼，但是却被中途赶来的鲨鱼所袭击。鲨鱼让他损失了武器和很多鱼肉，但他并没有就此停止战斗，而是自制武器，继续和每一条凶神恶煞的鲨鱼搏斗。这场战斗如此持久，胜负好像早早就预示了，但老人却用自己的努力，一次又一次地反败为胜，而后继续战斗。

在这个过程中，我们感受到了老人的英雄气概和广博爱心，他的孤独和自我疗愈，以及他的自言自语里所透露出来的对人与自然关系的思考。

他的形象是傲岸的，更是鲜活的，是一个孤独寂寥老迈的老头，同时又是一个个性丰满顶天立地的男子汉。

“只要心不老，只要心中充满爱和勇气。”

Step 6

第四条鲨鱼急匆匆地游了过来。它像一头奔向食槽的猪，急匆匆地游向大鱼。圣地亚哥并不着急，他凭借着丰富的经验，一下就用刀子击中鲨鱼的要害，但没有想到鲨鱼翻滚下水时，突然朝后一扭，刀刃“啪”的一声，断了。

这下没有了渔叉，没有了刀子，只有一根力量微弱的木棒，身体又累到了极点。但是老人还是要试一试，而不是缴械投降。

杀死那条铲鲨后，一直到日落前，才又有两条鲨鱼前来袭击。老人只要一看到鲨鱼咬住鱼肉便狠打，直到鲨鱼撕下鱼肉后滑下海去。他知道自己现在很难把鲨鱼打死了，但这两条鲨鱼也一定会很难受。

和鲨鱼较量的时候，太阳西落了，老人知道自己离海滩应该不远了，也知道，这个镇子上善良的人们一定都会担心他。

圣地亚哥不想再看大鱼，他知道有一半的鱼肉都被鲨鱼糟蹋了。

剧烈的疼痛让他知道自己还没有死，心里盼望着自己的运气能好一些，至少能把这半条鱼带回去。能到哪里去购买好运气呢？就算能，他也没有钱，只有一把丢了的渔叉、一把破刀和两只血肉模糊的手。

夜里十点钟左右，他终于看到了小镇灯光映在天际的反光。他全身又僵又疼，伤口在寒夜里冻得疼痛万分。他真希望自己可以不用再打了。

但到了半夜，他又开打了。只是这一回，无论怎么打都没有用了。一群鲨鱼围住了小船和大鱼，圣地亚哥用尽了力气战斗，但鱼肉还是被鲨鱼们吃完了。

老人知道自己最后还是被打败了，而且一败涂地。他把小船调回原来的航道，用心地驾着船驶回家乡的港口。夜里有几只鲨鱼来袭击大鱼的残骸，但老人只顾专心掌舵，并不理会。终于，他驶进了小港湾。

他艰难地爬坡，摔跤后顺势在地上躺了一会儿，又挣扎着想要站起来，一路歇了五六次，他终于回到了自己的小棚屋，喝了口水，拉过毯子盖住一部分身体，脸朝下趴在报纸上，睡着了。

第二天上午，男孩来到老人的小棚屋时，圣地亚哥还在睡觉。看见老人还在呼吸，又看了看他的手掌，男孩哭了起来，蹑手蹑脚地出了门，去给老人弄点咖啡来。

他一路走一路哭，也不在意别人看到。和所有人对话时，他都要补上一句："谁也别去烦圣地亚哥。"

老人终于醒了，接过男孩手中的咖啡时，他说："它们打败了我，真的打败了我。"

马诺林回应道："那条鱼可没有打败你。"

"它确实没有，是后来发生的事打败了我。"

和马诺林说了一些话后，老人又睡着了，小男孩坐在旁边守着他。

故事到这里，就结束了。

"生活不是拉锯，是抵抗之后的节节败退。明知要输，但不肯投降。因为这抵抗就是我们要完成的功课本身。"我想，这段话用来形容老人与海的故事，最恰当不过了。

有人说，圣地亚哥是一个了不起的老人，也是一个失败了的英雄。他是硬汉，但无疑，他仍然失败了。那么，老人到底是不是失败了呢？那些努力地活着的人，好像依然不能过上令人顺心的好日子，他们是否也是一败涂地呢？

王小波曾经写过一篇文章，里面也探讨了这个问题：

> 什么叫失败？也许可以说，人去做一件事情，没有达到预期的目的，这就是失败。但是，那些与命运斗争的人，那些做接近自己限度的斗争的人，却天生地接近这种失败。

圣地亚哥正是这样的人。他不断地去接近自己的限度，因此，看起来也不断地在失败。

其实，在人生这条漫长的道路上，人类向限度屈服，这才是真正的失败。

老人并没有失败，因为他从来没有放下过武器，不曾投降。哪怕命运让他的武器一而再再而三地失去，他也从不认输。他什么也没有得到，除了疼痛。但他战斗到了最后的时刻，他总是怀着满腔勇气和信心走向神秘莫测的大海，他的信心是不可战胜的。

我们佩服老人，佩服他的勇气，佩服他不屈不挠的斗争精神，也应该佩服所有在人生道路上不断搏击、为了生活永远不妥协、每一天都在努力的人们——每一个你我。

Step 7

现在，我们来探秘一下这部小说背后真实的故事，还有那些不可忽视的问题。

时间倒转，回到 2002 年 1 月 15 日。这一天，全球许多重要媒体争先报道一则来自古巴的消息：一位叫格雷戈里奥 · 富恩特斯的渔民病逝，享年一百零四岁。而恰好，海明威这部《老人与海》，便是由这位名叫富恩特斯的渔民的亲身经历改编的。富恩特斯是圣地亚哥的原型。

第一次世界大战结束后，海明威曾移居古巴，并在那里认识了老渔民富恩特斯。1930 年，海明威乘坐的船在暴风雨中沉没，是富恩特斯搭救了他，两人因此结下了深厚的友情，富恩特斯成为海明威游艇的船长，俩人常常一起出海捕鱼或探险，直到 1960 年海明威离开古巴时才结束。

而对于这一整个故事的原型，有两种说法，其一是说，1936 年，富恩特斯出海捕鱼，在远离陆地的海域，捕到了一条重达一千磅重的大鱼，但因为鱼太大，离海岸又太远，结果归途中被鲨鱼袭击，最后只剩下了一副骨架。

而另一种说法，则是富恩特斯曾向海明威讲述自己二十一岁时，曾经捕获一条重达一千磅的大鱼的经历。这么一句简简单单的话语，仿佛一颗种子，植入了海明威的内心，成为他日后写下这本书的起点。

且不论这两个说法哪一个更为符合现实，富恩特斯是圣地亚哥的原型，这一点是毫无疑问的。富恩特斯造就了圣地亚哥，圣地亚哥也让富恩特斯成名。因为文学，这两个人一起名垂不朽，广受关注。

而创造这个不朽神话的海明威，作为20世纪最伟大的小说家之一的海明威，他自己的经历更是令人叹为观止，堪称传奇。

以记者的身份参加一战时，他亲赴意大利前线，并驾驶救护车冲过火线，被一颗开花炮弹炸成了重伤，身上取出了237块弹片；参与了第二次世界大战；亲历了西班牙内战，在内战期间，他三次以记者身份亲临前线，在炮火中创作剧本，并写作了以美国人参加西班牙人民反法西斯战争为题材的长篇小说《丧钟为谁而鸣》；他与许多美国知名作家和学者捐款支援西班牙人民正义斗争；1941年，他和夫人玛莎一起访问中国，支持抗日战争……

卡斯特罗掌权后，海明威离开古巴定居美国。此时，身上的多处旧伤，使他百病缠身，精神忧郁。1961年7月2日，或许是因为不堪忍受多重病痛的折磨，或许是因为创作灵感缺失的绝望，或许是因为传说中性无能的焦虑，他用猎枪和一颗子弹结束了自己的生命。

他的一生，是波澜壮阔的，经历过世人眼中艺术家所应该经历的一切，就连最后的死亡，都充满了自我色彩。但这并不意味着他的写作就是轻易的，海明威在诺贝尔文学奖的答谢词里说，作家劳动时，是孤独的；写作，是艰苦的劳动。

海明威对待写作，就像对待一件艰苦卓绝的工作一样，他总是天一亮就起床，勤奋耕耘。除此之外，他对文字的要求也很高，总是在思考“怎样把字眼弄得准确一些”。单单是《老人与海》的这数万字，他就前后校阅了两百多次。

而简洁并不意味着内容的单薄，简洁应该是一种态度，一种绝不拖泥带水的坚决。恰似一颗子弹，只关注最需要重视的部分，只留下必须留下的东西。也正是这像子弹一样的写作节奏，让海明威笔下的大海都紧张了起来。而这，应该也是海明威人生态度的一种体现吧。

Chapter 6

局外人·尽管世界一片荒谬，我们还要奋起抗争

『他们相信什么，就会看到什么。』

诺贝尔文学奖得主加缪的成名之作。在人类文学史上，《局外人》以其独特的视角展示了世界的荒诞性，成为20世纪整个西方文坛具有划时代意义的伟大作品。

Step 1

加缪生于 20 世纪初，是法国著名的存在主义哲学家，1957 年获得诺贝尔文学奖。他的一生并不算和顺，在第一次世界大战中父亲去世，和母亲生活在阿尔及利亚的贫民区里。紧接着他又经历了第二次世界大战，秘密地活跃于抵抗运动中。

战争的丑恶与虚伪直接影响了他的创作，他的作品中充斥了大量的罪恶和死亡。他笔下的人物大多与世界格格不入，身上有一种“明知不可为而为之”的倔强。

他的成名作《局外人》就是他文学思想的集中代表。书中塑造了一个经典角色默尔索，他与“大部分人”不一样，考虑的只是自己的需要。当然这并不意味着他不遵守规则，而是他不会为了“和大家一样”就改变自己。

小说的开头写道 ：“今天，妈妈死了。又或者是昨天，我也搞不清楚。”言语间充满了疏离感和冷漠感。

常见的剧情应该是为人子女在葬礼上悲痛欲绝，痛哭流涕，这在我们看来是理所当然的，甚至成了一条约定俗成的法则。但默尔索的妈妈去世时，他在葬礼上一滴眼泪也没掉，心中想到的只有连日奔波的疲惫。

如此一来，在情感人伦上，默尔索成了人们眼中的异类，冷漠无情之人。

而在工作中亦是如此。现代社会人们将“金钱”视为实现价值、衡量成功的普遍标准。工作正是获得金钱的手段，其重要性不言而喻，因此人们会不断地去寻找更好的工作，以获得更多的金钱。但默尔索并不这么认为，当眼前出现往上爬的机会时，他选择了拒绝，即使知道老板会不高兴。他宁愿待在边远小城里，安安静静过一辈子。

甚至对于死亡，他也是满不在乎的态度，他因无意间杀死了一个阿拉伯人被拘留，但最终法官却控诉他“在精神上杀死了自己的母亲”，判决结果是：在广场上斩首示众。

默尔索却觉得自己很幸福，过去是这样，现在亦是如此，即使生活荒谬如斯，在面对即将到来的死亡他也没有丝毫的恐惧，更不考虑来世。

这样一个局外人代表的其实是那个年代人们普遍的心理状态。小说写于二战时期，西方世界动荡不堪，人心惶惶，大家都失去了安全感。每个人的命运都是未知的，是要和大众一样，还是遵循本心做自己呢？

这是每个人都要面临的问题，也是个两难的选择。时至今日，依旧有很多人为此困惑不堪。从这个意义上来看，我们每个人都是默尔索。

日本电影《听说桐岛要退部》集中探讨了这个问题。桐岛是学校里的风云人物，所有人都以能追随他为荣，他也永远是话题的核心。那些远离桐岛的人就是学校里的底层，也是局外人，受尽打压。

但有一天桐岛居然不见了。这对于追随者来说是个天大的打击，因为他们失去了生活的方向，一下子不知道该何去何从，他们开始逃避、愤怒、抱怨。

而对于不追随桐岛的局外人来说，他们依旧认认真真做自己的事情，即使不被外人所理解，但他们内心依旧富足，就和默尔索一样。

可能很多人都想选择遵循本心，为着自己心中的理想主义努力奋斗。只是坚定地走下去并不是件容易的事情，因为那注定是一条羊肠小道，你很难认同自己道路的正确性。

当自己都满腹怀疑的时候，又如何谈坚持？默尔索在选择了自己喜欢的生活方式之后，也常常会怀疑自己是否应该如此。一旦别人因他感到不悦，他就会说："这不是我的错！"

而在小说的结尾，默尔索终于认同了自己生活方式的正当性，在最后他才会感到由衷的幸福。因此整本书也可以看成是默尔索的成人礼，中间所经历的一切都是他走向成长必须付出的代价。

Step 2

在得知母亲在养老院去世的消息后，默尔索为了给母亲守灵向老板请了两天假。然而老板看起来却有些不太情愿，默尔索脱口而出："这不是我的错。"

到养老院后，默尔索本想直接去看妈妈，门房告诉他要先去见院长。院长是个矮小的老人家，面容亲切。院长看了下关于他母亲的卷宗：三年前搬进来的，默尔索是她唯一的支柱。他以为院长在责怪他，便有些焦急地解释着缘由。但院长打断了他："我都知道的，你领着一份微薄的薪水，无力照顾你的母亲，所以才将她送到养老院。她在养老院有很多同龄朋友，过得更开心。"

默尔索与母亲的相处总是不太顺畅，在他的印象里，母子两人大多时候都相顾无言。因为这样，过去一年他几乎都没来看过母亲。

院长提出，母亲更希望用宗教的仪式下葬，已经为母亲做了安排。而默尔索从来不知道母亲是何时对宗教感兴趣的。

随着院长的步伐，默尔索走进了太平间，此时母亲的尸体已经被装进棺木里。门房准备打开棺木让他再看一眼自己的母亲时，默尔索制止了。

门房有些奇怪地问他："难道你不想看看吗？"

默尔索回答："不想。"

夜幕降临后，白天赶路的疲惫袭上心头，眼睛被房间里的灯刺得生疼，默尔索渐渐地睡着了。

不一会儿，一阵窸窣声吵醒了他。按照惯例，是母亲的朋友们过来守灵了，都是养老院的院友。他们穿上正式的服装，神情庄重，静悄悄地坐下，甚至没有一张椅子发出声音，好像在赴一场重要的仪式。

这一切与默尔索的懒散形成了强烈对比，而默尔索却觉得很不真实。

终于到了早上，母亲的朋友们才面如死灰地离去。

经过熬夜的疲惫，默尔索又喝了杯咖啡。望着外面的蓝天白云，默尔索突然觉得，如果不是因为母亲去世，出去散步踏青该多么惬意。不过现在等待他的是母亲的葬礼。葬礼开始前，院长问他是否需要见母亲最后一面，默尔索依旧拒绝了。

按照制度，养老院的院友只守灵不参加葬礼，所以人少了很多。不过院长答应了母亲的一位老朋友——汤玛·菲赫兹参加葬礼的请求。母亲在世时，他们关系很好。但由于身体的原因，他昨天没有参加守灵。

在送母亲上山的那天，由于天气的炎热，默尔索一直用手帕扇着风。而其他人就算流了很多汗，也不愿意伸手去擦，一直保持着庄重、肃穆的神情前进。

明明去世的是默尔索的妈妈，其他人却表现得好像比他还痛苦难过，不禁有些滑稽。但默尔索仿佛感受不到这种反差似的，依旧只顾自己舒服。

之后又发生了什么事，默尔索已经记不清楚了。他唯一能记清楚的是一些小事：撒在妈妈棺材上的血红色泥土和泥土中混杂的白色树根；还有汽车即将驶回家时，想到可以在床上睡十二个小时的喜悦。

第二天起床之后，默尔索决定去海边浴场游泳，在那里碰巧遇到了前同事玛莉·佳多纳。在一起工作时两人互有好感，只可惜谁都没有先开口。

大概是为了缓解一下连日来的压抑气氛，这次默尔索主动邀请她晚上一起去看电影。玛莉说正好想看一部喜剧片，默尔索欣然同意。

换好衣服出来后，玛莉发现默尔索打着黑领带，才得知他的母亲昨天过世了，脸色有些微变，也许是不理解默尔索为什么可以在母亲刚刚去世的当口，就约她一起去看喜剧片。

默尔索本想说出那句“这不是我的错”，不过还是把话咽了回去。他知道，人生在世，总免不了被误解，我们要慢慢地习惯。

到了晚上，玛莉已经把这事忘得一干二净，和默尔索静静地看完了电影。散场后，她便和默尔索一起回了家。

早上醒来时，玛莉已经离开了。默尔索百无聊赖地观察着整个城市的一举一动，从上班到下班，从出门到回家；为赢得球赛的小伙子们欢呼，朝认识的女孩们打着招呼。

直到路灯开始点亮，默尔索才松了口气，一切终于结束了，妈妈已经下葬，明天又要回归工作岗位。一切依旧，什么也没有改变，他依旧格格不入地活在世界上，不被他人所理解。

Step 3

第一天上班异常得忙碌，下班时默尔索的心情很轻松，沿着码头悠闲地散步，望着天上的悠悠白云，一切都显得宁静而安详。但想着今晚吃马铃薯，需要费些时间才能煮熟，他还是直接回家了。

一进门，就碰到了住在同一楼层的邻居老萨拉曼诺和他养的狗。那是一条西班牙猎犬，得了一种皮肤病，毛都掉光了，全身上下长满了斑点和褐色的皮痂。

八年来，萨拉曼诺几乎和它形影不离，每天上午十一点和下午六点都会带着它一起出去散步，路线相同，八年来如一日。

默尔索遇到萨拉曼诺时，他正在吼道："混账！没用的东西！"狗在一边哀号。默尔索向他道了声晚安，但老人家根本不理他，依旧对着狗咒骂不已。

就在此时，默尔索的另一位邻居雷蒙回来了。他在小区里的名声不怎么好，大家也不怎么喜欢他。不过他经常会去找默尔索聊天，有时还会到家里坐坐，说起萨拉曼诺对待狗的方式时，他总是说："这真是太悲惨了。"而这大概是因为，只有默尔索肯听他说话吧。默尔索觉得自己没有理由不理他，况且他说的都挺有趣的。

他们一起上楼后，雷蒙邀请默尔索去他家喝红酒、吃香肠。默尔索想到这样就不需要做饭了，于是欣然同意。

雷蒙边喝边说起自己的事情，他之前养了个情妇，每个月都会付给她一千法郎的生活费。按照当时的物价，一千法郎的生活费完全足够。但情妇没事就找雷蒙哭穷，说自己缺钱花。次数多了，雷蒙心里就起了疑心，结果真的发现了一些蛛丝马迹，便决定和她分手。

在分手前，雷蒙还把情人暴打了一顿，打到见血了心里仍然不解恨，感觉便宜了她。于是雷蒙计划再惩罚惩罚她，他的计划是，先写封信寄给情人，信里狠狠地把情人羞辱一番，同时也要让情人觉得“离开他是个错误的决定”。然后当情人回过头找他时，他再朝她脸上吐痰，把她赶出去。而这信呢，雷蒙希望默尔索能够帮他代笔。

默尔索答应了，他并不介意是否会因此无端被卷入这场是非，他考虑的是要是拒绝了，也许雷蒙就会失望，为什么不顺了他的意呢？

写好信后，雷蒙对着默尔索左一个兄弟，右一个兄弟，看似真的把默尔索当好兄弟了。要不要和雷蒙成为哥们，他也是无所谓的。

过了一会儿，默尔索准备起身离开。也许是今天太忙碌的原因，默尔索看起来很累，没有什么精神。雷蒙安慰道：“我知道你很难过，男人的事情男人最懂了。”他说的是默尔索母亲的去世。

而默尔索内心真实的想法是什么呢？大概没有人关心，大家都凭借着主观的臆测：“他母亲死了，所以他一定很伤心”，再没有其他什么事情了。人与人的误解就由此产生，所以孤独感愈加沉重。

忙碌了一周后，终于又迎来了周末。玛莉向默尔索问了一个很多女孩都关心的问题：“你爱不爱我？”默尔索感觉自己好像不爱，于是如实回答了。

这时，雷蒙的房间爆发出一阵激烈的争吵声，原来是雷蒙在打他的情妇，这还把警察给引了过来。

见了警察的雷蒙再也没有刚才教训情人的嚣张，整个人一直发抖，还央求默尔索给他做假证，证明情人的确对不起他。听起来并不难，默尔索不假思索地答应了这事。而警察也没有对默尔索的口供做什么调查，就轻易地相信了。

回来时，萨拉曼诺远远地站在门口，显得很不安——他的狗丢了，担心狗会被捕狗队抓走。默尔索建议他去收容所瞧瞧，不过要想将狗要回来得支付一笔费用。萨拉曼诺听了后很生气：“这东西自己走丢了，还想让我为它花钱，做梦！”

但晚上萨拉曼诺却敲响了默尔索家的门，焦急地和他商量对策。默尔索告诉他能找回来的希望并不大。听毕，萨拉曼诺失落地回家了。他关上房门不久，默尔索听到一阵古怪的声音，仔细辨认后发现，他哭了。

默尔索想起了自己的妈妈，此刻萨拉曼诺的境地不正和自己如出一辙吗？默尔索和妈妈的相处模式亦是如此，冷静而克制，不流露出分毫情绪。

Step 4

老板问默尔索是否愿意去巴黎——公司在巴黎设一个办事处，直接与大公司对接业务。不管是从职位上来看，还是薪水上来看，这都是个不错的提议，默尔索没有理由拒绝。但默尔索并不想改变自己的生活状态，也不喜欢巴黎，觉得巴黎很阴暗。

老板显得有些不快，批评他缺乏雄心壮志。其实读书的时候默尔索心中也有伟大的理想抱负，也渴望着巴黎的美好生活，只是后来不得不放弃学业后，他发现那些一点都不重要。二战后的巴黎，确实不是一个“有理想、肯努力，就能实现”的地方，所以默尔索逐渐意识到“平凡是真”的道理。

当天晚上，玛莉跑过来找默尔索，表示想和他结婚。默尔索觉得，如果他想结婚，两个人一起生活也未尝不可；但要问他是否爱玛莉，应该是不爱吧。

回家时，默尔索遇到了萨拉曼诺，得知他的狗并不在收容所，现在是确定失踪了。萨拉曼诺说狗是在太太去世后开始养的，那时他感觉特别孤单，便养了那条狗。虽然他们俩经常吵架，但他觉得狗还是挺好的。而现在狗丢了，他又是孤身一人了，今后的生活又该怎么办，老人显得有些手足无措。

突然他说起默尔索的母亲，称为“你那可怜的母亲”。他知道小区里有些闲言碎语，对默尔索把母亲送去养老院不满，但他能理解默尔索，他知道那是最好的安排，明白默尔索默默的爱意。

周末，雷蒙邀请默尔索和玛莉去朋友家的海边小木屋玩。谁知有两个阿拉伯人也跟着他们一起去了海滩，雷蒙认出，其中有一人就是情人的哥哥。

午饭后默尔索、雷蒙和他的朋友马颂一起出去散步，碰巧就遇到了那两个阿拉伯人，正不怀好意地向他们靠近。雷蒙和马颂先发制人，占得了上风。但那两个阿拉伯人带了刀，而他们什么武器也没有，所以一退出攻击范围就逃走了。

默尔索一行人回到了小木屋，雷蒙越想越觉得不甘心，自己居然被对方的一把刀吓成这个样子，实在是太没面子了。他拿起自己的手枪就往外走，默尔索担心他会做出什么出格的事情来，便陪着他一同前往。

很快就找到了那两个阿拉伯人，雷蒙将手放在装手枪的袋子上，问道："我一枪毙了他？"

默尔索知道雷蒙正处于暴怒之中，如果贸然拒绝，雷蒙一冲动很有可能会开枪，于是安抚道："你这样直接开枪不够光明正大，对方什么都没说过。"

"那我先骂他几句，他一回嘴我就开枪。"

"在对方没有亮出刀子之前，你就没有理由开枪。不如先把枪给我保存，然后你和他们一对一单挑。如果情况有异，我就一枪毙了他们。"潜台词是直接开枪有些胜之不武，很没有面子。真正的男人应该是来一场正大光明的决斗，正好符合雷蒙爱面子的性格。

忽然，两个阿拉伯人开始后退，躲避他们，也许是被手枪吓到了吧。他们俩索性也不再追究，沿着原路返回了小木屋。

正要进门时，默尔索停了下来。大概是炎热的天气让他心情有些烦躁，思虑了片刻，便决定转身走回海滩。在路上他又碰到了雷蒙的死对头，另外一个阿拉伯人则不知去向。

这时如果默尔索直接回小木屋，那么什么麻烦都不会发生。但炎热的太阳照得他的头有些发晕，默尔索突然想到妈妈的葬礼那天，也是这样的太阳，他觉得特别难受，大脑一片空白。

默尔索下意识地往前走了一步，试图摆脱无所不在的日光。而这在对方看来，就是一种挑衅，意味着默尔索不愿意善罢甘休。

这一次，阿拉伯人立马亮出了刀子自卫。一时间默尔索感觉自己似乎失去了意识，什么都感知不到，眼前只有明晃晃的刀子，渐渐失去了最后一丝理智。然后摸枪的手猛地一缩紧，扣动了扳机，子弹从手枪中急速飞出，发出一声震耳欲聋的枪响。

一切都毁了，沙滩上的快乐与目前所拥有的生活都将消逝。

陷入绝望的默尔索接着又朝着地上毫无动静的尸体开了四枪，这四枪彻底断送了他所有的后路，至此他将走向通往厄运的大门。

Step 5

很快，默尔索就被警察逮捕了。在几次的审问中，预审法官都只是问了一些无关痛痒的问题，比如姓名、年龄、职业之类的。而与案情相关的问题却被忽略。

接着就为默尔索选了一个辩护律师。隔天，律师找到他，表示案子有些棘手，但只要默尔索愿意配合，他仍然有胜诉的把握。目前而言，对他最不利的地方并不是他杀了一个阿拉伯人，而是他在妈妈的葬礼上表现出无动于衷的态度。

如果想要翻盘的话，默尔索必须证明那天他曾感受到锥心的丧母之痛，而葬礼上的种种行为只是为了掩饰自己的悲伤故意为之。

默尔索拒绝了，因为那根本不是事实。在葬礼上，他只是觉得特别疲惫，并不知道自己是否对丧母感到难过。眼看着默尔索坚持不说假话，律师气呼呼地离开了。

没多久，预审法官又开始审讯。这次终于开始关注案情，让默尔索重述了当天的场景。

突然他劈头问了一句："你爱不爱你妈妈？"默尔索答道："和所有人一样，这是自然的。"书记官听到后犹豫了一下，大概是以为自己听错了。

接着预审法官又问回案件，他疑惑的是为什么默尔索在开了一枪之后，过了一会儿又连开了四枪。默尔索自己也没想明白。

后来预审法官又拿出了耶稣受难像，希望默尔索在耶稣面前忏悔。只是默尔索从来就不相信上帝，同时他也觉得自己和其他人不一样，他们是犯了罪，而自己是糊里糊涂地杀了人。

后来，默尔索经常见到预审法官，由他的律师作陪。只是奇怪的是，他们在讨论案件时从来不理会一旁的默尔索，仿佛他是这个案件的局外人一般。律师不再提作假的事，法官也不再激动地提起上帝。当然，有时谈论的问题不是很专业时，他们也会邀请默尔索加入谈话，这让默尔索又产生“我是他们中的一分子”的荒谬错觉。

除了审判之外，默尔索一天便无事可做，只是漫无目的地等待着天黑天亮。其实开始几天的时候，玛莉还来看过他一次，也是最后一次。后来收到的只有一封信，因为她不是默尔索的妻子，所以没法再来看他了，而和默尔索称兄道弟的雷蒙却未见踪影。

在漫长的等待后，默尔索的案子终于要开庭了，被排在了重罪法庭的最后一个排期。

开始审判前，随行的警察有点担心默尔索会怯场，但默尔索表示不会，反而对案件受审的过程很感兴趣，因为这是平生第一次接受审判。大概是经历长时间的关押后，默尔索对自己的判决已经无所谓了，就像是一个置身事外的局外人。

一进入被告席，默尔索清楚地看到对面一排人齐刷刷地盯着他看，他们就是陪审员。默尔索注意到，他们目不转睛地盯着他不过是为了寻找罪行。与此同时，外围还来了许多观众，甚至还有一些记者。一下子，默尔索成为整个法庭中万众瞩目的焦点。

整个法庭里，默尔索一个人都不认识，而其他人则开始相互行礼，聚集交谈，一时间好不热闹。默尔索又一次觉得，自己好像是多余的，是一个误闯的入侵者。

这时律师出现了，他先向媒体席走去，和记者握手寒暄，谈笑风生。直到开庭的铃声响起，所有人才安静了下来，律师也走过来和默尔索握手致意，并建议他最好少说话，也不要主动回答问题，其余的一切交给他就好，似乎这件案子和他没有什么关系。

接着就来了三名法官，坐定后宣布开庭。记者们纷纷拿起笔开始记录，清一色地带着一丝嘲讽和无所谓的表情，大概对审判的结果都已经笃定。除了一位年轻的记者，有些面露疑惑地、专注地打量着默尔索。

证人上场了，其中包括了那些熟悉的面孔，养老院的院长和门房、雷蒙、马颂和玛莉。

Step 6

法庭上，首先是对默尔索的诘问，他被迫又一次谈及自己与妈妈的相处。接着终于问到了案子，默尔索认为自己重返沙滩杀死阿拉伯人，不过是巧合。

下午则是对证人们的询问，首先是养老院院长。院长的证词表明默尔索的母亲曾经对默尔索有过埋怨，并对“被送去养老院”的安排很不满。尽管院长补充说，埋怨家人是每个院友的习惯，但检察官并没有理会。

紧接着从门房的证词中得知默尔索在守灵时抽烟、喝牛奶咖啡，甚至睡着了，进一步证明了默尔索为人冷漠的本性。

之后玛莉在检察官的引导下，证明默尔索在母亲的葬礼结束后一天，与她在海边浴场相遇，接着和她看了一场喜剧电影，并发生了关系。

而马颂作为一个和默尔索接触不多的人，在证词中对默尔索将母亲送去养老院的行为表示理解，并解释了缘由，但却很快就被带离了证人席。

最后一个是雷蒙，雷蒙觉得这一切都是巧合，毕竟默尔索和阿拉伯人无冤无仇，根本没有杀人动机。鉴于雷蒙有一个“拉皮条”的坏名声，于是检察官得出了这样的结论：默尔索是雷蒙的共犯兼好友。

整件事情的经过是：默尔索和雷蒙串通写下了那封信，以此引来他的情妇，让她遭受一个“道德品质极为可疑”的男子的虐待。在沙滩上，默尔索向雷蒙的两个对头挑衅，结果害得他受伤。紧接着又千方百计地骗来手枪，返回沙滩报复。一如心中预谋的那样，朝着阿拉伯人开了一枪，“为了以防万一”，又开了四枪，犯下了冷血的杀人勾当。

眼看着默尔索的处境愈发艰难，律师终于坐不住了，大声控诉道：“请问被告到底是犯了杀人的罪行，还是埋葬了自己的母亲？”

这时检察官说出了那句至理名言：“我控诉这个男人带着罪犯的心埋葬了自己的母亲！”默尔索明白：大势已去。现在罪行已经定了下来，接着就是对“怎么判”的讨论，这一切都没有询问过默尔索的意见。

而被污蔑“预谋杀人”，默尔索自然是不甘心，有几次他也想为自己辩解，但律师却告诉他“尽量别说话”。从某种程度上来说，默尔索似乎是被整场诉讼排除在外的人，几乎没有他参与的余地。未来的命运就这样被别人掌控着，而他本人的看法一点都不重要。

这时检察官表示，一个在精神上杀害了自己母亲的人，和双手沾满鲜血的人一样不为社会所容，因为前者的因很有可能会造成后者的果。

最终的审判结果可想而知：在广场上斩首示众。要让所有人都知道默尔索的“丑事”，这比简单的死刑还来得严苛。

回到监狱后，默尔索心中极为不甘，整场审判存在着荒谬与失衡，他一直考虑着到底要不要上诉。首先他设想最坏的结果——

上诉被驳回，接受死刑。这没有什么大不了的，死亡就像是一个必将来临的盛大节日，只是不同的人有早有晚。

如果上诉成功，获得减刑，那这样还能多活二十年。一想到能够多活些日子，默尔索就感觉全身都弥漫着喜悦的气息。

默尔索就在这样翻来覆去的反思中，又一次拒绝了监狱牧师的来访。

但这一次，监狱牧师直接进来了。默尔索将自己满腔的愤懑一股脑地宣泄出来："过去我是对的，现在我仍然是对的，我一直都是对的。我曾以某种方式生活过，我也可能会以另一种方式生活，只要我喜欢。……一个犯了谋杀罪的被告，如果只是因为在母亲下葬的时候没有流泪而被处决，这又有什么不同？最终的结果都一样。"

在这里，默尔索终于完全认同了自己的生活方式，无须因为其他什么而改变自己，也完全接受了自己的死刑——因为不迎合世人而被判处死刑的结果。同时也突然明白，母亲在濒临死亡之时，必然有一种解脱之感，准备好再活一次。所以没有人有权利为她哭泣。

而对于黎明的死亡，他只希望有一群充满了憎恶和厌恶的观众来看他的死刑。因为，他也准备好了，再活一次。

Step 7

书中是通过两条线去叙述默尔索的生活的，一条线是母亲的去世，另一条线是命案的发生。

在第一条线中，默尔索先是在星期四参加了母亲的葬礼，下午坐车到养老院，晚上为母亲守灵。周五是母亲下葬，炎热的天气和昨天的熬夜让他有些筋疲力尽，天黑之后就赶回城里睡了个好觉。星期六他去海边浴场游泳，碰到了以前的同事玛莉。晚上他们一起看了一场喜剧电影，正式确立了关系。星期天早上玛莉就离开了，他一个人在家里发了一天呆。

下一个周末，玛莉来找他一起过。之后又是一个周末，雷蒙邀请他和玛莉一起去海边度假，碰到了两个阿拉伯人。结果，莫名其妙地开枪杀死了一个阿拉伯人。

第二条线里，默尔索在母亲下葬后的下一个周一，帮邻居雷蒙写了一封信。但这个雷蒙的名声很差，因为和情妇闹矛盾，和情妇的哥哥打了一架。让默尔索写这封信的目的是羞辱情妇。默尔索一向对这些无所谓，便直接答应了。

下一个周日，雷蒙在他的公寓殴打情妇，引来了警察。为了帮雷蒙顺利脱身，默尔索做了假证。

再下一个周日，雷蒙邀请默尔索和玛莉一起去海边的度假小木屋游玩。出发时，发现雷蒙情妇的哥哥和一群阿拉伯人就等在他们公寓对面。果不其然，在海边他们又碰面了。在第一次冲突中，阿拉伯人拿出了刀，雷蒙一方退败，还受了伤。回去后雷蒙有些愤愤不平，拿起枪去找阿拉伯人。阿拉伯人见到手枪后大惊失色，落荒而逃，雷蒙大为得意。

接着默尔索陪着雷蒙回了木屋，自己又重返沙滩。在暴热的阳光下，对方拿出了刀，默尔索就开了枪。过了一会儿，他又开了四枪。

而在这样一个明晰的案件中，预审法官却将矛头对准了他个人。其中的逻辑让人匪夷所思，但也不难理解，默尔索在母亲葬礼上无动于衷背后暗含的是一种反抗，拒绝虚假、迎合世人，他所处的时代绝对不允许这样的人存在，简直是人群中的异类。

而《局外人》的创作背景是世界第二次世界大战时期，默尔索所生活的阿尔及利亚正好是法国的殖民地，生活在此的原住民阿拉伯人，是没有任何人权可言的，作为白人的默尔索就算杀了他们也没什么大碍。

因此，唯有将默尔索杀死阿拉伯人的行为转化为精神上杀死自己母亲的道德行为时，他的罪过才变得不可饶恕。所以，整场审判变成了对默尔索人格的审判。

更为荒谬的是，审判的人一直狭隘地用“是否在葬礼上哭泣”这一个指标去衡量爱，我们一贯的价值观念认为一个人死了，亲人就应该痛哭流涕，以表达对于死者的深厚感情。

默尔索不愿如此，所以他们便认为，默尔索是个冷漠之人。一旦这个标签被定下来了，便会在脑子里形成思维定式，他们能看到的也只有默尔索在葬礼上抽烟、喝咖啡，甚至睡着，以及之后去看喜剧电影，交女朋友，而忽视了默尔索对母亲复杂而深沉的爱意。

再经过加工变成了：“母亲下葬后第二天，这个男人到海边戏水，开始一段新的男女关系，在放映喜剧片的电影院里哈哈大笑。”这样的结论才符合一个“冷漠”之人的所作所为，所以检察官每次都会制止试图说情的朋友们，并脑补出了整个犯罪情节：预谋杀人、包藏祸心、在精神上杀死了自己的妈妈。

可要知道，真正的爱意并不会像滔滔江水般地一泄而出，现实中的爱是默默地、不言说。最在乎你的人只会尽可能地给你提供好的生活条件，就像默尔索将母亲送去养老院，便是对母亲最好的安排。

或者用一句话概括，他们相信什么，就会看到什么。

Chapter 7

了不起的盖茨比·「美国梦」的传奇与衰落

『他对感情的出发点错了，因此后面的一切也就全都不对了。』

世界文学史上的“完美之书”，美国家喻户晓的不朽经典，入选美国国家图书馆“塑造美国的图书”及高中、大学标准教材，席卷《时代周刊》《纽约时报》《卫报》等各大榜单。

Step 1

菲茨杰拉德是美国20世纪20年代“爵士时代”的发言人和“迷惘的一代”的代表作家之一。而《了不起的盖茨比》则是奠定菲茨杰拉德在现代美国文学史上的地位的作品。

菲茨杰拉德的天才之处就在于他能将一个普通的故事点化成一个灵魂受难的悲剧。这与他自己的经历也有一定的联系。创作这部小说时，菲茨杰拉德正处于人生的低谷期。他的妻子泽尔达喜欢金钱，一心想进入上流社会。因此，菲茨杰拉德不得不拼命赚钱养家。在这样的婚姻生活中，菲茨杰拉德看到了金钱社会的本质，后来创作了《了不起的盖茨比》。

这部作品刚问世时并没有引起巨大反响，但随着时间的推移，它的文学价值和思想内涵越来越受世人瞩目。下面就让我们一起进入菲茨杰拉德笔下这个看似荒诞却又真实得残酷的世界。

尼克是美国中西部城市卡罗威世家的后裔，他厌倦了这里的生活，跑到纽约去当证券交易人，并在市郊的长岛西卵区租了一套小屋。他租住的房屋旁边是一幢他称之为“庞然大物”的别墅，那是豪华的盖茨比公馆。

小海湾对面的东卵区有一座宫殿式的大厦，里头住着从芝加哥搬来的汤姆和黛西夫妇。黛西是尼克的远房表妹，汤姆是尼克的大学同学。

总之，尼克发现身边的人都在热烈地谈论盖茨比这个人。而据他的观察，这个富有的邻居每周都会在家里大宴宾客。在一个周六的清早，尼克也接到了这位富豪邻居的请帖，长期的好奇心终于有机会得到满足。

尼克对盖茨比的初步印象是怎么样的呢？一个风度翩翩的年轻汉子，三十多岁的年纪，说起话来文质彬彬。看到这样的盖茨比，尼克非常惊讶，他本以为盖茨比应该是个红光满面、肥头大耳的中年人。

于是，尼克的好奇心再度被勾起来了：这样一个风度翩翩的人，年纪轻轻就在长岛海湾买下一座宫殿式的别墅，还每周花费大量金钱来大宴宾客，他究竟是如何做到的呢？

有了这样的疑问之后，他更加有意识地观察盖茨比，发现他确有常人所不及的优点。

第一，盖茨比让人舒服。他在与人交往时很有分寸感，和尼克初次见面，他主动从二人相似的从军经历攀谈起来。而且，当他发现尼克并不知道他就是盖茨比时，他主动坦承了身份。

尼克因没有认出他而觉得抱歉，他却马上回应说可能自己并不是一个很好的主人，并对尼克报以心领神会的笑容。

他了解你恰好到你本人希望被了解的程度，相信你如同你乐于相信你自己那样，并且让你放心他对你的印象正是你最得意时希望给予别人的印象。

第二，盖茨比洁身自好。喜欢大宴宾客的盖茨比自己却并不喝酒。当酒宴上众人都开始欢闹时，他却保持着一如既往的端庄。

第三，盖茨比神秘自持。尼克在盖茨比的宴会上观察后发现，当乐队开始演奏，人们陷入狂欢时，盖茨比却单独一个人站在大理石台阶上面，用目光从这一群人看到那一群人。当宴会结束，宾客散尽，他则站在阳台上，举起一只手做出正式的告别姿势。

如此种种，全都让盖茨比浑身上下透露出一种神秘的气息。他看上去并不喜欢这种热闹，整个人的状态与眼前的景象格格不入，那么他究竟为什么要花费大量的时间、精力和金钱来大宴宾客呢？

原来盖茨比举行盛大的宴会，从纽约运来各种名酒和食品招待各界朋友，是想以此引起住在对岸的黛西——他昔日的恋人的注意，希望能吸引她来参加宴会从而重温旧梦。

在黛西十八岁那年，青年军官盖茨比闯入了她的生活，两人很快就陷入热恋，并且私订终身。然而盖茨比出征欧洲后，黛西却在第二年的6月嫁给了芝加哥的纨绔子弟汤姆·布坎农。

婚礼前一天，黛西喝得酩酊大醉，将汤姆送来的价值三十五万美元的珍珠丢掉，打算悔婚。但大哭过后，第二天她又像没事人一样跟汤姆结了婚。毕竟盖茨比当时还是个穷光蛋，而且人在战场上，不知道何时才会回来……

刚开始时，黛西的新婚生活很是甜蜜，但当他们来到纽约市东卵区定居后，汤姆纨绔子弟的本性还是暴露了，他不断惹出一些风流韵事，这让黛西很痛苦。

盖茨比得知黛西的新住处后，毫不犹豫在黛西所住的海湾的对面，买下了这套豪华别墅。

Step 2

一天早上，盖茨比主动邀请尼克一起进城吃饭。在车上，盖茨比突然问尼克对他是什么看法。尼克没料到他会这么问，一时不知道该如何回答。

于是盖茨比主动向尼克讲起自己的身世，说自己出生于中西部一个有钱人家，继承了一笔巨大的财富。他在牛津受过良好的教育，战争中还因为表现英勇得过勋章。最后，他说：“我今天有件大事要请你帮忙。”他想让尼克帮忙把黛西约出来见面。

约定见面的时间是下午四点，盖茨比三点钟就盛装来到尼克家，但整个人战战兢兢、慌慌张张，眼圈黑黑的，明显是一晚上没睡好的样子。

四点差两分的时候，黛西伴随着悠扬的嗓音出现了。

尼克引导她进入起居室，可是盖茨比居然不见了。原来他实在太过于紧张，就跑到院子里去走了一圈。当他再次出现时，神色异常凄惶。

黛西并没有想到盖茨比会出现，故作镇定地打了个招呼后，场面就陷入了长久的静寂之中。过了很久，黛西和盖茨比终于打破尴尬，互诉衷肠，言归于好。

随后，盖茨比邀请黛西到他家去参观，还让尼克也一起去，因为他不敢独自面对黛西。黛西看到盖茨比庞大的别墅时，露出了一种特别惊异的神情，一路上对花香满溢的花园、音乐厅、客厅、图书室、装饰华丽的仿古卧室赞不绝口。

参观到盖茨比的房间时，黛西看到了一副纯金的梳妆用具，就高兴地拿起刷子刷头发。这让盖茨比很高兴，充满了成就感。于是，他做了另一件让人惊异的事。

他献宝似的打开两个很讲究的特大衣橱，把他买的各种质地、各种颜色、各种图案的衬衣一件一件抖散在黛西面前。结果黛西一下把头埋进衬衫堆大哭起来，说自己从来没见过这么美的衬衫。

时隔五年，盖茨比终于再次见到黛西，他抓住她的手，想要确定一下幸福是否重新回来了。整个过程中，他起初局促不安，继而大喜若狂，而现在，由于她确实出现在眼前，又感到过分惊异而不能自持了。

久别重逢，黛西确实深为盖茨比忠贞的爱情所感动，也对他的财富动心。但黛西其实远没有盖茨比想象的那么好。

盖茨比不管不顾，因为黛西是他的旧梦，他以一种创造性的热情投入了这个幻梦，不断添枝加叶，用飘来的每一根绚丽的羽毛加以缀饰。

初次见面后，盖茨比每周的宴客晚会继续着，只是多了一个宾客——风流美丽的黛西。

有一次晚会散场后，盖茨比特意将尼克留下聊天。他郁闷地说，他发现黛西大多数时间都显得很无聊，玩得不开心，似乎并不喜欢这个晚会。他感觉和五年前两人经常坐在一起聊几个钟头相比，现在黛西明显不理解他，和他越来越远。

当尼克劝说他不要期望过高，也不要希望重温旧梦时，盖茨比被触到了痛点，却又固执而坚决地说自己一定能够重温旧梦。他发狂似的东张西望，似乎旧梦触手可及。

他滔滔不绝地向尼克讲述与黛西的往事，神经质地表示，一定要把一切安排得和过去一模一样。

很快，盖茨比就雷厉风行采取了行动。以前夜夜笙歌的盖茨比公馆不再宴客，一下子变得无比安静。而这一切都是为了方便黛西下午有空的时候随时过来。面对自己痴恋的女人，这个世俗意义上的富豪却低到了尘埃里——为了黛西，盖茨比举办盛大的宴会；为了黛西，盖茨比终止了热闹的宴会。

他明知她移情别恋，明知她爱慕虚荣，明知她庸俗风流，明知“她声音里充满了金钱”，可就是无可救药地爱她。盖茨比的灵魂经受着巨大的煎熬，然而他却无怨无悔，执着且充满了献身精神。

Step 3

连着几个星期，黛西经常在下午去盖茨比的别墅，这逐渐引起了汤姆的怀疑。之后的一天，尼克接到了黛西的电话，邀请他和盖茨比去他们家做客。

两人到达时，汤姆正在里间打电话。黛西怀疑电话是汤姆的情妇打来的，十分不满。吩咐汤姆去拿冷饮后，竟然径直走到盖茨比面前，肆无忌惮地吻了他。这个做法明显透露着对汤姆的挑衅和报复。

在之后的闲聊中，黛西和盖茨比频繁地眉目传情。汤姆终于明白了他们两人的关系。尽管一直心存怀疑，但他还是惊呆了。

后来在黛西的提议下，几个人一起进城去玩。但在炎热的天气与焦灼不安的心情的相互作用下，矛盾终于爆发了。

汤姆羞辱盖茨比是个私酒贩子，通过非法手段暴富。并说黛西现在仍然爱他。虽然自己偶尔干些荒唐事，但心里始终是爱黛西的。

然而“荒唐”这两个字触怒了黛西，因为她想起了之前汤姆和芝加哥的情人驾车出车祸的事情。于是盖茨比疼惜地走过来，让黛西告诉汤姆，她从来没有爱过他。

黛西哭了起来，对盖茨比说他的要求太过分了，她没有办法挽回过去爱汤姆的事实。听到这句话，盖茨比很受打击。汤姆则在旁边不失时机地补上了一句："要知道，黛西和我之间有许多事你永远也不会知道。"

这话深深刺痛了盖茨比。他要求单独和黛西谈谈，但是黛西没同意，她说她无法否认，自己确实爱过汤姆。汤姆赶紧附和，黛西则转身面向汤姆幽怨地说，就好像你还在乎似的。

剧烈的争吵过后，一行人返回长岛。

盖茨比担心汤姆会因为白天的矛盾对黛西做出什么不好的事情，坚持守在黛西的住所附近。而尼克却透过窗帘的缝隙发现黛西和汤姆两人在热切亲密地交谈。

可怜的盖茨比在外面默默守望，等到凌晨四点，直到看到黛西关掉灯才离开。想象中剧烈的争吵没有发生，他也没有机会解救黛西于水火之中。

他回到自己的住处，无比沮丧。

盖茨比一厢情愿地认为黛西一直都只爱他一个人。他甚至都在心里设想好了，等她恢复自由后，两人回路易斯维尔去举办婚礼。他以为五年来自己从未忘掉旧情，黛西也会跟他一样一往情深。然而他却不知道，婚姻会悄无声息改变一个人。

黛西和汤姆结婚四年，这四年是朝夕相处、耳鬓厮磨的四年，是既有激烈争吵又有甜蜜回忆的四年。正如汤姆所说，他和黛西之间有很多事是盖茨比无法知晓和了解的。这并不仅仅是为了在盖茨比那儿找回面子，而是客观存在、不可争辩的事实。

而黛西自己也说，她无法否认她确实爱汤姆。那一句"就好像你还在乎似的"蕴含了多少内容啊：有委屈，有不满，有不甘，也有不舍。

黛西和汤姆还一起孕育了一个三岁的女儿，这种血脉结合的纽带让二人之间有了更亲密的连接，远远超越了一般的谈情说爱。

因为爱情、因为利益而形成的婚姻，到最后同样需要感情和利益来维系。夫妻俩处到一定的阶段，无论是物质利益的交织还是相互依赖的需求都会让家庭更加地稳固。

婚姻里面确实有诸多让人不愉快的地方，甚至常常一地鸡毛让人抓狂。可结束婚姻、离开一个熟悉的人就是要突然中止自己业已形成的生活模式，这就如同斩断与自己共生的一部分身体，这种断崖式的分离会让人不适应，会痛……

除非对方的行为实在超越了自己忍耐的极限，除非自己是一个有情感洁癖又非常果断的人，否则很难真正下决心走出婚姻。

而黛西显然不是一个有情感洁癖的人。婚后，汤姆有各种各样的情妇，甚至因搭载情妇发生车祸，并且登上了报纸。他们的婚姻曾经遭遇如此轩然大波，黛西都没有和他离婚。

盖茨比的深情让黛西感动，但也仅仅是感动而已。或者最多，她把这个当作对自己魅力尚存的肯定，当作对汤姆出轨行为的一种报复。

汤姆是不忠的，可黛西确定了汤姆还爱她。除了不忠，黛西认为汤姆似乎并没有太多逊于盖茨比的地方。于是，权衡之下，黛西没有离开汤姆跟盖茨比走，就像当年她明明不爱，也嫁给了汤姆一样。

Step 4

在纽约到长岛的返程中，黛西开着盖茨比的车，由于心神不宁，撞死了威尔逊太太茉特尔。情感纠纷碰上命案，故事发展至此，真可以说是很揪心了。

与此同时，威尔逊正在猜想谁是杀死他太太的凶手。尽管警察和旁人都认为茉特尔是死于一场交通事故，但威尔逊却坚定地认为这是一场蓄意谋杀。

结婚十二年，威尔逊一直非常信任自己的太太。但是，有一大，他在梳妆台上发现了一条贵重的狗皮带，然后又联想到太太某次回家时鼻青脸肿的，于是他认为自己的妻子出轨了。

因此，得知太太死于车祸的消息时，他凭着一股直觉相信是他太太的情夫谋杀了她。别人都以为她只是因为和丈夫吵架生气，所以冲到马路上。但是他却敏感地发现，其实是茉特尔想跟车里的男人说话，而驾车者不肯停下来。

他比谁都清楚地注意到，那是一辆黄色的车子。现在，他只要找到这辆车，确认一下事故发生时是谁开的车就够了。这对威尔逊来说至关重要。

为了帮黛西逃脱罪责，也为了除掉情敌，汤姆告诉威尔逊，那辆车子是盖茨比的。而且汤姆还故意挑唆他，让他以为盖茨比是他太太的情人，撞死他太太的也是盖茨比。

一天下午，威尔逊冲到盖茨比的公馆，枪杀了正在游泳池里的盖茨比，然后自杀。

一批又一批的警察、摄影师、新闻记者和看热闹的人在盖茨比家门口出现。

没有人继续去追查事实的真相。对旁观者来说，盖茨比的死亡只不过是增加了他们茶余饭后的一个谈资；而警方呢，对他们来说，以威尔逊悲伤过度、精神失常所以杀死了盖茨比来结案，这是最方便的。

只有尼克一人猜到了盖茨比死亡的真正原因，这个猜想得到了汤姆的亲口证实。

盖茨比即将下葬，可家里除了几个用人，就只有尼克了。根据回忆，他罗列了整整两页的名单，都是在那年夏天参加过盖茨比的宴会的人。

然而最终却是一个人都没有来。

亲密的合伙人沃尔夫山姆没有来。他振振有词地说人要在活着的时候讲交情，而不要在死亡后去表达友情。

盖茨比为之付出所有热情的黛西没有来。美丽风流的“黄金女郎”带着行李，跟着丈夫汤姆去旅行了，连去什么地方都没人知道。更让人无法接受的是，她甚至都不来个电话或者电报问问盖茨比的情况。

盖茨比死后的第三天，尼克收到了一份来自明尼苏达州某个小镇的电报，要求等到发电人来后再举行葬礼。来的是盖茨比的父亲，一个很庄重的老人，他是从芝加哥的报纸上看到消息之后才匆匆赶来的。

之前，尼克曾千方百计地想在盖茨比家找到他父母的联系方式，却始终没有找到。此时此刻，盖茨比平日里把酒言欢的朋友全都消失了，只有疏于联系的老父亲还惦记着他。

到达墓地的时候，一个戴着眼镜、曾经在盖茨比图书室读书的客人突然出现了。

总算有个人来了。

雨哗哗地下着，牧师、尼克、盖茨比的父亲、四五个用人和一个仅在盖茨比晚会上出现过一次的客人默默地送别了这个可怜的人。

生前看起来拥有超强社交能力和庞大朋友圈的盖茨比，离开人世时却只有这样寥寥几个人相送。

尼克见盖茨比最后一面时，曾理直气壮大喊："他们那一大帮子都放在一堆还比不上你。"现在看来，他们的确是一帮混蛋，一帮不需思考就条件反射趋利避害的混蛋，一帮精致的利己主义者！

也许盖茨比通过广散钱财、广织人脉交友的方式本身是存在问题的，因为他没有考虑三观一致，也没有考虑对等的资源互换，更没想过要进行深入交流。

但更让人讶异的是那些所谓朋友的表现。如果是少数人这样做倒也罢了，可这么多人居然像约好的一样，集体采取了这种做法，这是社会出了问题。

当时的美国社会，整体上是虚伪的、无情的、病态的。作者正是借着盖茨比个人追梦失败的悲剧，来表现战后一代人对于"美国梦"感到幻灭的悲哀。

Step 5

被黛西开车撞死的威尔逊太太茉特尔，其实是汤姆在纽约的一个情人。她曾疯狂地爱着自己的丈夫，可是结婚之后却发现他只是一个破败的修理车行的老板，又穷又没有上进心。巨大的失落感让她对这桩婚姻失去了信心。

可能是因为长期身处这种没有希望的生活，她的内心深处一直在渴求着什么，于是在一次坐火车时遇到汤姆后，毫不犹豫地选择了出轨。

汤姆是她的第一个情人。在和汤姆接触的过程当中，她误以为自己得到了真爱。而事实上，对于汤姆来说，她不过是他趋于平淡的婚姻生活中的一味调味剂罢了。

一天，汤姆与尼克同乘一辆火车去纽约。中途，他强行把尼克拉下车，一起来到威尔逊的车行。汤姆和威尔逊已经很熟了。威尔逊还问汤姆是否愿意把一辆旧车卖给他。

这个时候，茉特尔迎了出来，当着丈夫的面大摇大摆走过去和汤姆握手，并用热切的目光看着他。接着，又粗声粗气命令威尔逊去搬椅子给客人坐。

在威尔逊去搬椅子时，汤姆直截了当、简明扼要地告诉茉特尔：我要见你，搭下一班火车。在汤姆看来，威尔逊是如此不堪，所以肆无忌惮地跟他妻子偷情。

茉特尔跟着汤姆回纽约的居所，一进入那套小小的公寓房间，茉特尔就迅速进入了女主人的角色，忙着召集她的妹妹凯瑟琳、邻居麦基夫妇来这里聚会。来聚会的这些人对她和汤姆的关系心知肚明，都摆出一副习以为常的架势。而且茉特尔丝毫不避讳自己的情人身份，滔滔不绝地向尼克讲起了她和汤姆初次相逢的经过。

然而，快到半夜的时候，汤姆和茉特尔发生了激烈的争吵。争吵的内容是茉特尔有没有权利提黛西的名字。汤姆不允许她喊黛西的名字。争风吃醋的茉特尔偏偏要对着干，嘴里大喊着“黛西黛西”，结果两个人大打出手，汤姆甚至还打伤了茉特尔。也就是这次见面之后，威尔逊发现了茉特尔的异常。

不久后的一天，汤姆和盖茨比一行去纽约，途经茉特尔丈夫的车行，停下来给车加油。茉特尔从楼上的窗户看到了这辆车和车上所载的乔丹·贝克，她以为这是汤姆的妻子，妒火在她心中腾地升起。于是当汤姆一行返程，心神不宁的黛西驾着盖茨比的这辆车子经过车行时，茉特尔火速冲了上去，想大闹一场，结果却被黛西不小心当场撞死。茉特尔悲哀的情妇之路至此就走到了尽头。

做人情妇，只不过是做渣男婚后无聊生活的调剂品。一年来，茉特尔一直和汤姆保持着情人关系。她的妹妹凯瑟琳曾鲜明地表达对这种关系的不理解，认为她应该离婚，再重新和喜欢的对象结婚。对此，茉特尔生气地说，是黛西不肯离婚。

也许黛西是真的不肯离婚吧，但更重要的是汤姆的态度。

汤姆告诉茉特尔是黛西不肯离婚，但这其实是典型的渣男套路——我跟我老婆过不下去了，我只喜欢你。她敏感多疑、枯燥无趣，可就是不肯和我离婚。给我点儿时间，我来搞定她，然后我们俩结婚。

茉特尔陷入了情网，汤姆却没有真正想过和黛西离婚，他甚至都不允许茉特尔提黛西的名字。可见茉特尔在汤姆那儿是无足轻重的，她只不过是汤姆无聊时的一种慰藉。

虽然茉特尔在纽约与汤姆会面时极力想要宣示主权，努力摆出女主人的架势。但事实上她并不是女主人，从来都没有得到过汤姆足够的重视。

她和汤姆在纽约住的不过是普通公寓楼里租来的一套房间。家居布置也很粗糙：墙上唯一挂的一幅画是一张放得特大的可笑的相片，屋里散放着几本无聊的八卦杂志。而汤姆在长岛是有套大别墅的，送给黛西的结婚礼物价值三十五万美元，并带她蜜月旅行三个月。

由此可见，对茉特尔，他只想以最低的成本来满足偷情的欲望。

而茉特尔死后，汤姆只是流下了几滴廉价的泪水，就立即想着怎么才能够让威尔逊不怀疑自己与茉特尔的关系以及如何为黛西开脱罪责。

在汤姆的核心利益面前，茉特尔完全被抛弃了。就连她的死亡，也成了汤姆达成自己不可告人的目的的一个机会。

Step 6

故事的结局是个显而易见的悲剧：盖茨比不仅没能追回昔日的恋人黛西，还被人给暗杀了。那么盖茨比为什么无法和黛西重温旧梦呢？也许可以从以下几个方面找到合理的解释。

首先，两个人之间从一开始就有着巨大的鸿沟。

黛西是路易斯维尔所有小姐中最出风头的一个：年轻美丽，家境富有，很多男人都爱过黛西，这无形中抬高了黛西的身价，也更加激发了盖茨比的征服欲。

而盖茨比是一个默默无闻、一文不名的年轻人，没有优裕的家庭，身上穿的这件军服也可能随时脱下来。

在所有追求黛西的人当中，盖茨比丝毫不占优势，但是他有意给黛西造成一种安全感，让她相信他的出身跟她不相上下。他给她讲一些与她当时生活里完全不同的事情，让黛西觉得他经历丰富、上进有趣，从而发自内心地爱上他。

盖茨比很好地利用了这段时间建立的感情基础，在某个夜晚占有了黛西。起初他只是想及时行乐，然后一走了之，没想到后来却真的爱上了她。他和黛西私订了终身，觉得两个人这样就已经算是结婚了。可是，无论盖茨比掩饰得多么好，两人家庭环境上的差距都是一条难以跨越的鸿沟，这无形中对两个人的心态产生了影响。

因此，不管后来拥有怎样的荣华富贵，至少当时的盖茨比，内心始终是自卑的。

除了家境悬殊，黛西和盖茨比其实并不是同一路人，这也就是我们现在经常说的“三观不一致”。

盖茨比十七岁时就努力学习着各种新技能，敏锐地寻找着各种赚钱的机会。当他成功地挣到了钱，完成了从穷小子到富豪的华丽转身后，就开始想办法包装自己，让自己看起来像是一个真正的上流社会的贵族。他伪造良好的教育背景，展示高雅的生活品位，极力地想把自己塑造成社会精英的形象，跻身纽约的上流生活圈。

盖茨比天真地以为，和黛西在路易斯维尔一个多月的浓情蜜意会让黛西一直爱着他。而且自己现在已经塑造成了一个成功的形象，黛西一定会跟他走的。而与盖茨比相比，黛西是个现实主义者，她倾向于解决眼前的问题。

盖茨比走后的第二年，黛西就重新在社交界活跃了起来，她在内心深处做了一个决定：她要立即解决自己的终身大事，不能再等了！嫁给汤姆后，黛西很快发现自己的丈夫风流成性。她生完孩子还不到一个小时，汤姆就不知道跑哪儿去了。

婚姻的现实给了她重重一记耳光，这更加剧了她的现实主义倾向。因此，就算盖茨比五年后再度出现，她感动，她心动，但在对各种利益进行权衡之后，她还是不会离开汤姆。

除了家境悬殊、价值观不同，黛西和盖茨比对待情感的态度也注定了他们之间的结局。

黛西是出生于富有人家的小姐，她的世界里总是充满了舞会和乐曲，每天都和一些年轻、富有、放荡的人在一起，过着花天酒地的生活。这直接导致了黛西的性格中有许多肤浅、虚荣的成分。

因为汤姆可以送她价值三十五万美元的结婚礼物，可以给她一个在当地最隆重豪华的婚礼，所以即使她还爱着盖茨比，但依然选择嫁给汤姆。

五年后，当她看到盖茨比宫殿式的别墅、纯金的梳妆用具、堆成山的漂亮衬衫，也丝毫不掩饰自己的惊异和激动。黛西是个典型的“黄金女郎”。

而在分离的五年中，盖茨比一直保持着对黛西的思念，他认为黛西嫁给汤姆仅仅是为钱，而她心中爱的那个人却是自己。所以即使他闻到了黛西身上散发出的金钱味道，却依然愿意迎合她的虚荣，用巨大的财富去吸引她。

他对感情的出发点错了，因此后面的一切也就全都不对了，所有事情都不在预想之中。黛西拒绝了他的要求，他的幻梦死了。

梦碎后，盖茨比还不断地自我安慰，说他相信黛西从来没爱过汤姆。后来又退而求其次，说黛西可能确实爱过汤姆一阵子，但她一定是更加爱自己的。然而这种阿Q式的自我安慰怎么能改变现实呢？

Step 7

爱情上执着而失意的盖茨比，在个人奋斗方面却很值得一提。他三十出头就在纽约市郊的海湾买下了一座宫殿式的别墅，还经常在家中举行大型的宴会。这种一掷千金的做派显示了他雄厚的财力，那么他的财富到底是来自哪儿呢？

让我们来捋一下盖茨比的发家史。

盖茨比原名杰姆斯·盖茨，出身于美国中西部的一个普通农家。他不喜欢自己的出身，不喜欢自己的父母，不喜欢乡村的生活。他英俊聪明，感觉自己是上帝的儿子，因此他必须为他的天父效命，献身于一种博大、庸俗、华而不实的美。

为了追求想要的生活，盖茨比四处奔走。十七岁时，在苏必利尔湖畔，他碰到了一个善于投机的商人丹·科迪。自此，盖茨比的命运出现了重大转折。他先后担任了科迪的听差、大副、船长、秘书等。

虽然在科迪死后，盖茨比并没有拿到遗赠，但是他在跟随科迪的那段时间里迅速地成长，越来越接近于自己想象中的那种人了。

后来他参了军，在战争中一帆风顺。没上前线就升至上尉，并且在路易斯维尔认识了黛西。阿贡战役后晋升为少校，因为表现英勇获得勋章。停战后，他急于回国见黛西，却被送往牛津进行了短暂的学习。复员回国，他穷得只能继续穿军服。

一天，当他正在一条街上找工作的时候，遇到了沃尔夫山姆。他帮盖茨比加入了美国退伍军人协会，之后，两人开始搭档做生意。当然，大多数的生意是非法的。

盖茨比通过贩私酒发了横财，只花了三年时间，就挣到了买那座宫殿式别墅的钱。

年轻人应该像盖茨比一样好好规划自己的人生，但要慎重选择职业方向。

盖茨比在十七岁的时候就虚构了一个杰伊·盖茨比的理想形象，为此，他从小就对自己有很详细的规划和很高的要求。

这个可以从他小时候读过的一本书看出来。这本书最后的空白页上，有一份盖茨比写下的时间表，从早上六点到晚上九点的时间，他都安排得满满当当，除了工作就是学习演说、仪态、电学、棒球运动等各种技能。

紧跟在后面的是“个人决心”，其中，他告诫自己不要浪费时间，要每周读有益的书或者杂志一册，改掉吸烟的坏习惯，坚持储蓄一定数额的钱等。

的确，他严格按照这些规划一步一步成功塑造了自己，让自己看起来就如想象中一样，成了一名上流社会的精英人物。然而，成功的背后并不总是那么光彩——虽然他对外声称自己做过药材生意和石油生意，而事实上他是靠与沃尔夫山姆做非法生意起家的。

也许大多数情况下别人并没有兴趣去了解他是通过什么手段获取财富的，还乐得周末到他家里去享用美酒。但在关键时刻，这种不光彩的经历就会暴露问题，进而遭人质疑。

年轻人应该像盖茨比一样抓住机会，但是要谨慎挑选合伙人。

无论是丹·科迪还是沃尔夫山姆，盖茨比在遇到他们的时候，都非常敏锐地察觉到了机会，并敏捷地抓住机会让自己迅速积累了财富。

但他还是选错了一个合伙人——沃尔夫山姆。他是百老汇的地头蛇，一个赌棍，曾非法操纵1919年的世界棒球联赛，设计愚弄了五千万人，却没有因此而获罪和坐牢。

沃尔夫山姆缺乏教养。他初见尼克，和尼克握着手，却在和盖茨比说话，后来还肤浅地炫耀他那个用真人臼齿做的袖扣。

盖茨比活着时，沃尔夫山姆对尼克说，盖茨比是个值得信任和合作的人。盖茨比死后，他却表示自己在没有任何特殊原因的情况下是坚决不会去参加葬礼的。

其实，盖茨比也知道沃尔夫山姆的为人，因此平常对他并不热情。也许他认为，三观不同并不妨碍在生意上的合作。可他没有想到的是，一个人品不好的合伙人会直接影响其他人对自己的判断。

追梦的路上总是充满着各种意想不到的情况，想要完全地避开几乎是不可能的。谁还没在奋斗的过程中踩过几个坑呢？但我们也都知道尼采曾经说过一句非常经典的名言："那些杀不死我的，将让我变得更强大。"

Chapter 8

汤姆叔叔的小屋·人活着一定要有信仰

『精神明亮的人，即使不能飞翔，即使还要匍匐，也会一寸一寸地前行，一点一滴地行善。』

美国第十六任总统林肯赞誉为“引发一场战争”的现实主义杰作。美国历史上里程碑式的三十二部经典作品之一，哈佛大学一百一十三位教授联名推荐的最富有影响力的作品。

Step 1

斯托夫人通过此书展现了黑奴们在奴隶制度下所遭受的种种不公平的待遇，并且探索了他们通往自由的道路，那是两条全然不同的路。

一条路记载着善良正直的汤姆被主人卖来卖去，采取不抵抗主义，最终被害身亡的历程；另一条路印满了倔强不屈的乔治·哈里斯和其更勇敢的妻子伊丽莎，不甘被命运辱没而终于赢得自由的光荣足迹。

小说情节围绕着汤姆被易主的遭遇，以及伊丽莎和乔治争取自由的斗争而展开，伊丽莎在历尽艰险后，终于和丈夫相会，带着儿子逃到加拿大，获得了自由，而汤姆则不肯逃走，辗转中被卖给残暴成性的勒格里。

在种植场里，汤姆因同情黑人同胞特别是帮助两名黑人妇女逃走，而惹怒了主人，受到百般凌辱，但他始终坚贞不屈，宁死也不肯出卖同胞，结果被勒格里折磨得奄奄一息。最终，因伤不治而亡。

斯托夫人笔下的汤姆叔叔是一个高贵坚忍的基督徒。他身上带有浓重的基督教思想的烙印，宗教理念对他的影响很大。他对周围的人充满了怜悯和爱心。在得知自己被谢尔比先生卖了抵债之后，他没有生气，也没有埋怨，更没有逃跑的念头。他这时考虑的仍是他尊贵的谢尔比先生的处境。他很坦然地接受这个在别人看来十分残酷的现实。

小说成功地塑造了正直、友爱、忠顺的汤姆叔叔，勇于反抗的乔治·哈里斯夫妇和从自暴自弃变得真诚、善良的小黑奴托普西的典型形象。这些都是不同于美国以往的作品中那些身份低微、性情麻木、遭遇凄惨、没有任何权利的黑人形象。

《汤姆叔叔的小屋》是19世纪美国反蓄奴制运动里最伟大的宣言书，它使北方振奋起来，决心以武力对付坚持蓄奴制的南方；它忠实地记录了美国南方黑奴的悲惨命运。小说首次唤醒了白人对黑奴的同情。富有人性的汤姆叔叔是美国小说史上第一位黑人英雄。

小说中所刻画的人物多至数十人。既描写了不同性格的黑奴，也描写了不同类型的奴隶主的嘴脸。

无疑，斯托夫人是讲故事的能手。从结构和布局上看，小说以两条线索交叉进行，穿插了其他人物的命运。叙事前后呼应，脉络清晰，烘托出了当时美国社会生活的全景画面和众生世相。汤姆的经历，将黑奴在灵魂和肉体上遭受的摧残及蹂躏体现得淋漓尽致，斯托夫人无情地揭露了黑暗的现实。

我们知道，黑人文学中较为重要的就是废奴文学。废奴文学对于当时反对种族压迫、废除奴隶制度的斗争做出了卓越的贡献。不少优秀文学作品都推动了奴隶制度的废除，但真正能睥睨天下的还是《汤姆叔叔的小屋》，它对黑人文学的影响是不可替代的。

阅读过此书的人一定会感到困惑，斯托夫人并未在这本书里对汤姆叔叔的小屋加以特别描写，那么她为何要将此书叫作《汤姆叔叔的小屋》呢？

是的，斯托夫人在整部小说里，只在开场介绍汤姆叔叔的时候提及了他的小屋，之后并未对小屋浓墨重彩地描写。但是在小说的结尾作者却赋予了它非凡的意义。在汤姆叔叔死去后，乔治·谢尔比回到庄园，就以汤姆的名义解放了庄园上的所有黑奴。他对他们说："每当你们见到汤姆叔叔的小屋时，都要想到你们的自由来自他的良善和不屈，它是纪念汤姆叔叔的一块丰碑。"

我想，这也许就是书名的由来。

Step 2

谢尔比先生因为投资失败，急需资金救场，却无处筹措，思来想去，只能把自己庄园上的黑人奴隶汤姆出售给奴贩子黑利，以换取足够的资金去救急。

尽管谢尔比先生对汤姆大加赞扬，称他是不可多得的人才。但黑利却不以为然，在他眼里，黑人就是黑人，奴隶就是奴隶，永远都没有高低之分，只有交易的价钱是否合适。

在他们交流的时候，伊丽莎的儿子哈利跑了过来。小男孩机灵可爱，会跳舞唱歌。黑利思忖着这孩子长大了一定是黑奴中的精英，所以提出要把汤姆和伊丽莎的儿子一起买走。谢尔比先生当然不同意，他对黑利贪得无厌的心感到厌恶，但却克制着。

正在这个时候，伊丽莎走进来找她的孩子哈利，黑利见她长得很漂亮，能卖个更好的价钱，又提出要买走伊丽莎。谢尔比先生毫不客气地拒绝了。因为伊丽莎是他夫人的贴身奴婢，夫人很宠她，待她若女儿一般。

一番讨价还价之后，谢尔比先生不得不做出让步，将伊丽莎的儿子哈利和汤姆一起卖给黑利。

门外的伊丽莎隐约听到要把哈利卖了，大惊失色。在伺候谢尔比太太的时候，也是心不在焉。

太太觉得伊丽莎多心了，她坚信谢尔比先生不会这么干。但她对谢尔比先生的尴尬处境却一无所知。所以当谢尔比先生告诉她，要卖掉哈利和汤姆来还债时，她大吃一惊，当即质问，为什么不卖别人，偏偏要卖掉汤姆和哈利？

谢尔比先生说因为他们换来的钱，比别的任何人都多，为了偿债，他已别无选择，因为他的债券在黑利手中，他只能听从黑利的摆布。

忧心忡忡的伊丽莎偷听了谢尔比先生和夫人的话，原来一切都是真的！

伊丽莎强忍着悲痛回到自己的小房间，一个念头在她的脑海中挥之不去：绝不能让黑利带走她的孩子！

她给太太留下一封告别信后就带着哈利出了门。她来到汤姆叔叔的小屋，对汤姆说明了情况。伊丽莎说她必须带着孩子逃走，否则就要给弄到南方去，被苦差役和饥饿活活整死。

克露婶婶希望汤姆叔叔也能连夜逃走，但汤姆叔叔不愿意。他抬起头来，忧伤地说："你听见她的话了吧，要是不把我卖掉，就得把庄园上的人统统卖掉，那情况就糟糕透顶了，所以还是卖掉我吧。"说完便失声痛哭起来。

伊丽莎托克露婶婶带信给她的丈夫乔治，随后，抱着孩子哭着离开了肯塔基州的庄园。

第二天，谢尔比先生和太太发现伊丽莎逃走了，谢尔比太太高兴地说，感谢上帝，跑得好！谢尔比先生则生气地说，这有损我的名誉！

奴隶贩子黑利跑来要人，知道伊丽莎母子逃了，顿时气得暴跳如雷。黑利对谢尔比先生说话已口不择言，惹得谢尔比先生非常不悦，但因为人是在他的庄园上逃走的，所以他愿意帮助黑利一起寻找伊丽莎母子。

趁着他们交谈之际，谢尔比太太暗中嘱咐黑人奴隶山姆和安迪跟着黑利去寻找伊丽莎。

山姆暗中使计，让奴贩子黑利一上马，就被重重地摔在地上，马则扬长而去。追马花了不少工夫，山姆成功为伊丽莎的逃跑争取了时间。等奴隶贩子黑利明白过来时，已经晚了。

看见黑利被捉弄得人仰马翻，谢尔比先生觉得十分尴尬，谢尔比太太却哈哈大笑起来。

马终于找了回来，黑利气急败坏地跟随山姆回到谢尔比先生的庄园。谢尔比太太故作关心，竭力留他吃午饭，说厨子立刻就把饭端上来了。黑利不情愿地答应了下来，他怕伊丽莎跑了，这损失就太大了，但又不能浪费了谢尔比太太的心意。

山姆去马厩洗马，向安迪吹嘘他有多厉害，他说他有一种能耐，就是会瞧人脸色办事。可是，光会这一点是不够的，最重要的是人品要好，人品好才值得信赖和托付。

山姆虽然帮了大忙，但是只会耍小聪明。不然，为什么谢尔比先生一家那么相信汤姆而不是山姆呢？

Step 3

当伊丽莎为了自由，转身离开汤姆叔叔的小屋时，也就意味着她奔向了一个巨大的、满是风险的世界。

1850 年美国国会通过的《逃亡奴隶法案》让每个出逃的奴隶都孤立无援，也让好心的人不敢相助。因此，伊丽莎带着孩子逃走，凶多吉少，是非常危险的事情。任何人都可以将他们抓住，交出去获取报酬。

而她在逃亡的过程中，还要担忧她的丈夫乔治。乔治曾来看过她，他说主人把他转租到工厂里干活，得知他为厂长赚了许多钱，就无缘无故地将他带回去，三番五次地殴打他，故意要让他颜面扫地，丢人现眼。

主人还要求他和庄园里的另一个黑奴结婚，绝不可以不从。在那个年代，没有法律保护奴隶的婚姻，无论什么时候，只要奴隶主想拆散他们的家庭，或带走任意一个家庭成员，他们都无权反抗、拒绝。

乔治忍无可忍，决心逃到加拿大去。而现在伊丽莎面对儿子被卖的处境，也开始了反抗，决心逃到加拿大和丈夫团聚。

这边，奴隶贩子黑利被谢尔比太太留下吃饭，可是饭菜却迟迟不来。黑利越是利欲熏心，谢尔比太太越是怕他抓住伊丽莎母子，所以她想尽一切办法来拖延时间。

终于上路后，在山姆的假意帮助下，黑利选择了走土路去追捕。山姆总是在路面崎岖不平的地方大呼小叫，马受到了惊吓突然加速，弄得黑利手忙脚乱。

当他们来到乡村酒馆时，伊丽莎正站在窗前。山姆眼尖，一下子看到了她的身影。黑利和安迪正在山姆身后，紧急关头，山姆假装被风吹掉了帽子，用他特有的腔调大叫一声，伊丽莎立即惊醒，躲进了房间里。

房间有一个侧门通向河边，她抱起孩子，跃下台阶，直奔大河。正当她的身影隐没在河堤下面的时候，黑利看清了她，于是翻身下马，像猎狗逐鹿般追了上去。

黑利等人已经逼近，只见伊丽莎尖叫一声，飞身而起，越过岸边的混浊湍流，落在旁边的冰块上。那场景仿佛是生死攸关的时刻得到了神灵的力量。只有无比疯狂和绝望的人，才会敢于这拼命地一跃。

她的鞋子不见了，脚上的袜子被割破了，每一步都浸着殷殷血迹，但她什么也看不见，什么也感觉不到，为了自由，她已然豁出去了。

伊丽莎上岸后，非常幸运，得到了好心的西莫斯先生的帮助。他指着一座高大的白房子，说那里的人都是好人，会帮助她，可以去那儿藏起来。伊丽莎按照西莫斯先生的指引，向高大的白房子走去。

这个时候，参议员家里，伯德先生正和太太谈论《逃亡奴隶法案》。伯德太太肤色桃红，蓝色的眼睛透着温柔，平日里对丈夫和孩子都非常温和，可这次却因为《逃亡奴隶法案》大为光火。

正在夫妇俩争执不休的时候，一个黑人杂役叫走了夫人。不一会儿，夫人大声叫来了先生。只见一个女人带着孩子躺在椅子上，已经晕了过去。正是伊丽莎母子。

伊丽莎一醒来，就发疯般地求太太保护她和她的儿子，伯德夫人见此情景，十分同情，便问她打算到哪儿去。伊丽莎说她想去加拿大，因为那里可以给他们自由。

听闻此话，伯德先生决定将伊丽莎母子送到朋友在森林里的住处，那儿很安全。为了不让别人认出伊丽莎母子，伯德太太将母子俩乔装打扮了一番，他们便出发了。这一切让伊丽莎感动极了。

戏剧性的是，伯德先生在前一周，还一直鼓动本州立法机关通过法令，严厉打击黑奴逃犯和教唆、窝藏逃犯的人。而眼下，他却做起了护送黑奴逃走的事。深夜时分，他们终于抵达目的地。伊丽莎母子留在了伯德先生的朋友家里。

Step 4

离别的时刻将至，克露婶婶对于卖掉汤姆叔叔这件事，始终都无法理解。在她看来，汤姆可以给老爷赚好多钱，可他偏偏卖的是汤姆，这实在令她难以平静。但汤姆却认为他们夫妻俩受了老爷太多恩惠，在老爷需要的时候应该有所回报。所以，他心里毫无怨言。

显然，他与伊丽莎的观念是不一样的，伊丽莎为了自由，可以不顾一切，但汤姆却主动地承担起这份不必要的责任。其实他更害怕庄园上的黑奴都被卖了。因为他知道，在谢尔比家的庄园里，他们过的是人的生活，而到了别处，就很可能过得是非人般的日子。

虽然他们是黑奴，但是老爷和太太从没有亏待他们，所以汤姆打心眼里觉得老爷和太太是大好人，因此即便被卖到他乡，他也渴望能够回来。你可能会说汤姆留恋不舍，是因为在这里衣食无忧。然而实际上，他的不舍，是因为在这里暂时获得了做人的尊严。

也正因为如此，当获悉被卖了的时候，他特别震惊和痛苦。因为这个残酷的现实告诉他，不管怎样，他仍然是一个奴隶。

正悲伤时，谢尔比太太来了，她是来告别的，可话还没说出口就哭了，大家都跟着她哭成了一团。在他们一同挥洒的眼泪中，被压迫者所有的痛苦和愤怒，统统消弭殆尽了。

时间到了，汤姆温驯地跟着黑利走了。克露婶婶和孩子尾随在后哭哭啼啼。

途中休憩时，乔治少爷赶了过来，他一把搂住汤姆的脖子，抽泣抱怨起来，汤姆嘱咐他一定要孝顺母亲。乔治将银元挂在汤姆脖子上，发誓将来一定要将他赎回来。

旅途中，黑利看到有个地方在拍卖奴隶，就将汤姆关在监狱里，自己去拍卖场买奴隶。汤姆第一次进监狱，忧伤不已，他虽为奴，却积极上进，始终追求自由体面的生活，却没想到有一天会在监狱里过夜。

黑利在拍卖场看中了一个小男孩，但是却不愿意买这孩子的老母亲。拍卖商也毫不怜惜老母亲的心情，将孩子单独推出来拍卖。

这样的悲剧每天都在发生，罪恶的奴隶制杀人不眨眼，拆散家庭，分离骨肉亲情，践踏黑人的感情，蹂躏他们的身心。

几天后，黑利带着汤姆等人坐上了俄亥俄州的一艘轮船。在这艘轮船上，汤姆亲眼看见一个黑人女子和孩子，被无情的东家骗着卖给了黑利。但更凄惨的还在后面，一个奴隶贩子看中了这个女人十个月大的孩子，认为这孩子结实可爱，长大了一定可以卖个好价钱，因此执意要买去。黑利趁着女人不注意的时候，偷偷将孩子抱给了那个奴隶贩子。女人发现孩子不见后，伤心欲绝，夜里便跳海自杀了。

也是在这艘轮船上，汤姆遇到了伊娃。伊娃像天使一样善良，富有同情心，汤姆慢慢地和她熟悉起来。伊娃真诚地说她能叫父亲买下汤姆，这样他的日子就会好过了。虽然伊娃只是个孩子，但听到伊娃的话，汤姆还是很开心。而孩子说的话，通常是不算数的。

但当伊娃不幸掉入大海，命在旦夕的时候，汤姆不顾一切地纵身跳入海里救下了她。因为这一举动，伊娃的父亲奥古斯丁·圣克莱买下了汤姆。汤姆很快就赢得了圣克莱先生的信任和喜爱，他也很喜欢他的新东家。

精神明亮的人，即使不能飞翔，即使还要匍匐，也会一寸一寸地前行，一点一滴地行善。而你的善良终将被温柔以待。

圣克莱先生是一个家道殷实的种植园主的儿子。他的母亲心地纯洁，品德高尚，虽然已经去世了，但对他的影响深远，所以他给女儿伊娃取了和母亲一样的名字，以此表达对母亲的怀念和尊敬之情。

但这却遭到他的妻子玛丽的强烈嫉妒。玛丽是一个疑神疑鬼、控制欲极强的人。最重要的是，她与圣克莱先生观念不同，她是典型的蓄奴主义者，而圣克莱先生是一个地道的废奴主义者，他对每个人都怀有一份仁慈之心。所以，他们俩的矛盾不断，只不过圣克莱先生十分隐忍而已。

Step 5

玛丽总是觉得自己是世界上最受虐待、最痛苦的人。她没什么病，但她总说自己浑身都是病，三天两头躺在家里，不出门，也不管家。

圣克莱先生不得不请他精明能干的堂姐——奥菲利亚·圣克莱小姐，来帮忙料理家务。

终于到家了，伊娃乐不可支地跑开了，汤姆下了马车，打量着四周，欣赏着周围的景色，脸上满是赞赏的神情。圣克莱先生的宅邸，是一座古老的建筑，带有西班牙和法国建筑的风格，里面的庭院骄奢豪华、秀丽如画。显而易见，它比谢尔比庄园要富丽堂皇多了。

圣克莱先生将汤姆介绍给玛丽，玛丽只是瞥了他一眼，连话都没说一句，直接将他视为空气。待汤姆出去后，她开始跟圣克莱先生抱怨各种事情。她觉得圣克莱家的黑奴全是最难对付的，谁家也没有碰到过这种灾难。她挑剔怀疑，目空一切，毫无同情心，更不用说换位思考了，在她心里，黑奴都是下作的东西。

“难道你不相信，上帝造他们时，用的是跟我们一样的血脉吗？”圣克莱先生的堂姐奥菲利亚一针见血地问她。

“不，我绝不相信！这个说法可真好——他们是堕落的种族！”

“难道你不相信，他们的灵魂也永远不灭吗？”奥菲利亚越发气愤地问。

“得！得！”玛丽打了个呵欠，说，“自然，那谁也不怀疑。可是，让他们跟我们平起平坐，就好像我们可以跟他们相比似的，这你明白，是不可能的事！”

显然，在这个家里，有一条看不见但切实存在的鸿沟，令家庭气氛忽而紧张乖戾，忽而活泼愉悦。圣克莱先生仁慈，有他在，仆人们便很开心，而只要玛丽在，气氛便陡转直下。她的想法和圣克莱先生的想法是截然不同的。这样的夫妻又怎么会幸福呢？更何况玛丽是那种高高在上又固执己见的女人，她认为对待黑奴就该如此无情。恰恰像她这样的人，在当时的美国社会中占大多数。

汤姆每天除了做好圣克莱先生安排的工作，就是陪伊娃玩。他是伊娃的专职伺役，凡是伊娃小姐需要他的时候，他可以放下所有的事，来照应伊娃小姐。而在伊娃的心里，汤姆是英雄，是世界上最奇妙的黑肤色的人，总让人感到温暖。

虽然玛丽是个既挑剔又难伺候的主子，但幸运的是圣克莱先生和伊娃小姐十分喜欢汤姆，汤姆在此的日子也还过得不错。他写信给克露婶婶，讲述这一切，想象着克露婶婶和孩子们开心的神情，他感到很欣慰。

只可惜幸福的日子是那么短暂，伊娃小姐生病了，而且病得不轻，最后撒手人寰。在她临终前夕，仍牵挂着家中和世上其他的黑奴们，她向上帝祈祷，希望黑奴们能获得自由。同时，她恳求父亲圣克莱先生赐予汤姆自由，让汤姆回到谢尔比庄园去，还请求父亲为天下黑奴的解放而奋斗。

伊娃的心声感动了家里所有的人，他们悲伤不已，不停地哭泣。

不久之后，圣克莱先生去咖啡馆看晚报，却被正在打架的两个人误伤，伤势非常严重，被人抬回家没多久就溘然长逝了。

去世前，他伸出胳膊，拉着汤姆，不舍地望着他。两个人的手，平等地握在一起。

伊娃和圣克莱先生去世后，仆人们彻底失去了庇护，被玛丽一个个无情地拍卖了。汤姆的命运也彻底被改写。

记得伊娃去世的时候，曾嘱咐圣克莱先生给汤姆自由，为他签发自由证书，让他回到家人身边去。圣克莱先生照办了，但在这个证书还没办下来之前，意外发生，他去世了。这也就意味着汤姆未能从法律上获得自由，玛丽可以随意处置他。

汤姆的诚实能干，让玛丽毫不犹豫地把他卖了。因为这样的人可以卖个很好的价钱，在玛丽看来，有利可图才是最重要的。

Step 6

得知玛丽要卖掉自己，汤姆去找了圣克莱先生的堂姐奥菲利亚小姐，希望能得到帮助，帮他去找玛丽说情，请玛丽为他把手续办好，让他回家。

“哼，我才不干这种事！”玛丽尖刻地说，“汤姆是家里卖价最高的用人，这个损失无论如何我都赔不起。再说，他要自由干吗？现在他日子过得够舒服的了。”

“可是，他真心诚意要求自由，老爷也答应过的。”奥菲利亚小姐说。

无论怎样，玛丽都不愿意为汤姆办理人身自由的法律手续。即使奥菲利亚说这是圣克莱先生和伊娃的遗言，也无济于事。

拍卖会上，圣克莱先生家的黑奴全都被卖给了不同的人家，汤姆则被卖给了种植园农场主勒格里。勒格里垂涎少女艾米琳的美色，抢着买下了她，完全不顾艾米琳母亲的伤心和哀号。

新东家勒格里残暴成性，他的庄园一派荒凉，一看就是很久没有人打理了。汤姆想在人群中间找到友善的面孔，却是徒劳无益。每天，勒格里的帮凶都监督黑奴们辛勤劳作，拼命干活。如有不到之处，立即招致一顿鞭笞。他们所受到的待遇毫无人性可言。汤姆见了这光景，便知道自己处境很难。尽管这样，他仍然会在夜晚短暂的空闲时间拿着《圣经》诵读。

白天劳作时，一个叫露茜的女人，被折磨得有气无力，在捡棉花的时候，整个人摇摇晃晃，似乎随时会倒下，好心的汤姆连忙将自己摘的棉花偷偷塞到她的篮子里，却被监工发现，两个人都遭到了毒打。

这时候，勒格里的情妇凯茜走了过来，告诫汤姆要小心一些，上帝不会降临到这里。监工看见她与汤姆说话，跑过来要打她，她直起腰，愤怒鄙夷地瞪了监工一眼。

无可奈何的监工晚上在勒格里的面前煽风点火，勒格里命令汤姆将露茜痛打一顿，却遭到汤姆的强烈拒绝。他说："我请求老爷原谅，希望老爷千万别让我干这个。这我不习惯，也不能干这个，没门儿。"

结果汤姆遭到一顿毒打。遍体鳞伤的汤姆被丢在地上，凯茜晚上偷偷地跑去看他，给他上药。也是在这个过程中，他们俩熟悉起来。汤姆知道了凯茜的一切，心里十分同情她。凯茜也由衷地佩服汤姆。

凯茜是位端庄、妩媚的女子。在残忍的奴隶主勒格里的种植园里看似傲慢、不可一世，其实只是一个命运多舛、饱经沧桑的母亲。这个可怜又无助的女人，不仅遭受过丧子之痛，还曾亲手毒杀了襁褓之中的儿子。她从小受过良好的教育，母亲是奴隶，父亲虽然一直想要给她自由，却在没有办理手续的情况下因霍乱突然离世。自此，凯茜的命运被改写，她历经磨难，因长得漂亮被反复买卖，最终落在勒格里的手里。

勒格里的亏心事做得太多了，因此十分怕鬼。只要一个人的时候，他总是觉得不安宁。凯茜为了给汤姆出气，故意说有鬼，吓得勒格里六神无主。利用他这个弱点，凯茜带着艾米琳逃到了在勒格里看来很容易闹鬼的楼上，趁勒格里和监工睡觉的时候，离开了庄园。

狡猾的勒格里猜想汤姆一定知道她们逃走的事，但汤姆什么都不肯说。气急的勒格里残暴地将汤姆打得奄奄一息。

在他弥留之际，乔治少爷赶了过来。看见乔治，汤姆感到很欣慰，因为谢尔比庄园的人并没有忘记他。汤姆怀着对上帝的虔诚和热爱，永远地离开了他最爱的人们。

另一边，伊丽莎逃走后最终与丈夫会合了。他们历经磨难，一起去了加拿大，在那里过上了自由自在的生活。

《汤姆叔叔的小屋》到这里就结束了。

Step 7

《汤姆叔叔的小屋》问世之后，将美国废奴的进程推向了高潮，根据小说改编的影视剧也相继出现在荧幕上，对美国历史及世界文明的进步，均产生了深远影响。

小说里描写了一群黑奴。他们以汤姆、伊丽莎和凯茜为代表，大多生活艰难，没有人身自由，但恰恰在这样一个被极端歧视和侮辱的群体身上，充分体现了斯托夫人的平等主义思想。斯托夫人笔下的黑人和白人一样美、一样帅气，黑人与其他人种无异，只是各有特点而并无优劣之分。

在她的笔下，汤姆忠心耿耿，品德高尚，生性纯良。他的老东家谢尔比先生，因此放心地将整个庄园交给他打理。此外，汤姆是个虔诚的基督教徒，他重视修身养性，胸怀宽阔，德行高洁。

汤姆是如此美好，但在奴隶主眼里，他却只是可以赚取利益的商品。他像牲口一样被辗转买卖，被殴打，丝毫没有人身权利。残暴的勒格里对于打死汤姆一事毫不在意，似乎这是再正常不过的事。

这种不平等的关系正是奴隶制罪恶的根源。斯托夫人通过刻画善良的汤姆和他的同胞们的悲惨命运来揭露奴隶制的罪恶，支持废奴运动，宣扬“人人生而平等”的精神。这一切源于斯托夫人的牧师家庭对她潜移默化的影响。她是虔诚的基督教教徒。

小说中，自始至终弥漫着基督教的气息，说《汤姆叔叔的小屋》是基督教的赞歌，也毫不为过。

也正因为塑造了看似唯唯诺诺、实际上无畏邪恶的汤姆叔叔的形象，小说才令人回味无穷。

斯托夫人也描写了一群可爱可敬，却又十分可怜的女性黑奴，她们的命运很值得探讨。

在奴隶制横行的年代，美丽的外表或许是女性黑奴不幸的根源。奴隶贩子对待这些漂亮的黑奴相对仁慈。他们担心粗鲁的行径会毁了她们美丽的容貌，导致她们在奴隶拍卖会上掉价。

大多数奴隶主购买漂亮女性黑奴一般出于两个目的：一个是让她们生下很多漂亮的孩子，聪明伶俐的孩子总是很讨人喜欢，身价相对较高，卖掉这些孩子以获取更多的利润；第二个目的是奴隶主可以借机发泄兽欲，肆意践踏这些美丽的黑奴。在邪恶肮脏的折磨之下，大多数的女性黑奴最终被羞辱而死。

然而对于那些隐忍坚持的人，一旦她们人老珠黄，就将被奴隶主狠心地抛弃，取而代之的是年轻漂亮，同样不幸的女性黑奴。

女性黑奴的悲剧命运是注定的，小说中的凯茜正是如此。由于美丽精致的外表，凯茜被卖了好几次，她被迫成为白人奴隶主的情妇，忍受着身心的蹂躏。

种种屈辱必将招致强烈的反抗。最终，这种反抗演变成了美国著名的南北战争。

但改变根深蒂固的奴隶制度，需要一个漫长的过程。在南北战争之后，虽然国家已废奴，却随之出现了严格的种族隔离。“一滴血原则”即是明证。

1924 年，弗吉尼亚州的《种族完整法》规定，对白人来说，只要自己祖上有一丁点非白人血统，那他就不是白人；对黑人而言，只要他身上有一丁点黑人血统，那他就是黑人。可以想见，当时黑人的生存环境有多糟糕。

所幸，虽有阴影，但阳光在前。时至今日，即使不公平的现象依然存在，然而我们一直在努力去改变。

Chapter 9

堂吉诃德·哪怕全世界嘲笑，也要做自己的英雄

『只要出发，牛活就会有另一种可能。』

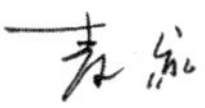

“现代小说之父”塞万提斯的不朽名作，畅销四百多年，深刻影响了歌德、雨果、博尔赫斯、昆德拉、卡夫卡等文学巨匠。“如果有什么人生必读书，那一定就是《堂吉诃德》！”

Step 1

在西方人心目中，《堂吉诃德》是现代的第一本小说。《百年孤独》的作者马尔克斯称这本书包含了世界上所有的事物，完成了后来所有的小说家企图完成的东西。

每年的4月23日是世界读书日。而1616年4月23日，是《堂吉诃德》的作者塞万提斯逝世的日子。

塞万提斯去世二百多年后，德国诗人海涅曾把他和莎士比亚、歌德放在同等重要的位置，说他们三个人，是小说、戏剧和诗歌三大领域最具代表性的人物。

塞万提斯的艺术高度，和他的作品一直到今天都能持续爆发生命力有关。但如果抛开这些成就和光环，塞万提斯的一生，和残废、绑架、海盗、诬陷与监狱这些词紧密地联系在了一起。

塞万提斯当兵的第二年，在一次海战中受伤，导致左手残疾。几年后，他遭遇海盗绑架，因无法交出赎金，不得不被海盗折磨了长达五年的时间。好不容易摆脱海盗，又遭人诬陷，两次进入监狱。被释放以后，他开始写《堂吉诃德》，但这本书的出版并没有让他脱离困境，而是又一次遭遇了牢狱之灾。

直到塞万提斯去世很久以后，他的国家才认可了他——在西班牙首都马德里中心，竖立起他的雕像，有人说这是他的家乡和祖国，对他表达的一种歉意。

塞万提斯用他自己的经历，诠释了“苦难或许是艺术的调剂”这个说法。而塞万提斯写出的《堂吉诃德》也很快成为大家的谈资。

从表面上看，故事的主人公堂吉诃德和侍从桑丘，都不是什么英雄人物。他们分别是疯癫和痴傻的代名词，存在的意义，似乎只是为了让人开怀大笑。

堂吉诃德疯狂到什么程度呢？他可以把风车当成巨人，进而用自己的长枪向巨人发起挑战。

毫无疑问，他失败了，而且还失败得特别难看，连人带马都被风车的翅翼狠狠甩开了。

这本书，我们可以看成是塞万提斯整个颠沛流离人生的真实写照。他成功塑造了一个逗乐大家的人物，并教会我们对待生活的态度。

面对接二连三的困境，如果我们只深陷在情绪的旋涡不可自拔，是非常不可取的。跳出狭小的视角，或许可以如同塞万提斯一样，看到更加广阔的天空。

与此同时，通过这本书，我们可以找到读书对人有什么样的影响的答案。

主人公堂吉诃德，因为沉迷于各种各样的骑士小说，在年满五十岁时，不顾家人的阻挠，执意出发去当一名骑士。

最终，他没能成为真正的骑士，而是活成了一个笑话。

堂吉诃德信奉骑士小说中的骑士精神，也一直在身体力行。我们可以说他在读书时，没有结合时代来进行思考。他不知道，自己所信奉的那套骑士精神，已经过时。

他不仅可笑，也十分可怜。

但塞万提斯真正要告诉我们的是，一个人为了心中的理想，是可以付出一切代价的。

一个活在现代的人，怀抱着过去的一套价值观，把魔法当成对抗现实的工具，是不可取的。

但是随着堂吉诃德的生命走向终结，我们越来越能看出他的可贵。他在一个并不接纳自己的时代，做着一件毫无可能的事情。这件事注定会失败，不是他的原因，是时代的原因。时代在变化，而他一直坚守自己觉得正确的东西，这就是他和所有人的最大不同。

他除了自我坚守，还会帮助他人成长，和他一起游历多年的桑丘，就是一个很好的例子。因为在堂吉诃德的眼中，各个阶层是可以平等相处的，他们在遇到一个问题时，可以毫无顾忌地畅所欲言。

堂吉诃德就像一个循循善诱的长者，让桑丘一点点发现自己的问题，他再在适当的时候做出点拨，教会桑丘处理事情，让桑丘成长了起来。

读这样的故事，其实是一个寻找人生真相的过程。

想要做成一件事时，当有堂吉诃德的执着；在面对比自己地位高的人时，要敢于说出自己的疑问；意识到自己的选择错误后，要学会调节路径；即便是所有人都嘲笑我们的梦想，也应步履不息。

Step 2

在拉·曼却的一个村里，住着一位绅士。他醉心于读骑士小说，已经到了不眠不休的地步。

年满五十的他，做了一个大胆的决定。他决定像书中的骑士那样，去过一种全新的生活。他要披上盔甲，拿起武器，开始骑马漫游世界。

因此，他开始为自己的出行做准备。把本已生锈的盔甲擦洗干净；把缺了面罩的头盔修复完整；给自己的马取名“驽骍难得”，给意中人取名为杜尔西内娅，而他自称“堂吉诃德”。

一切准备妥当后，堂吉诃德离开了家。但是，等到他走了很远的一段路后才发现，自己还算不上一位真正的骑士。因为，真正的骑士是需要有人封授骑士称号的，但这丝毫没能影响他继续前行。

一天后，他来到一家客店前面。他把在骑士小说中读到的一切，和现在的经历画上了等号。在他眼里，客店成了堡垒，客店店主成了长官，而站在客店门口的妓女，被他当成了堡垒里的高贵女眷。

堂吉诃德对这一切感到满意，但他依旧在考虑自己的受封头衔问题。于是吃完饭以后，堂吉诃德向店主介绍了自己的身份，并告诉店主，为了让自己所做的一切充满意义，他需要店主受封他骑士的名号。他还告诉店主，当天夜里他可以整夜看护自己的盔甲，次日一早店主就可以受封他了。店主把这一切告诉了店里的旅客，大家听后都走出自己的房间——堂吉诃德果真在院子里看护盔甲。

直到深夜，一个骡夫在给自己的骡子打水时与堂吉诃德发生了冲突，骡夫重伤倒地。店主再也无法忍受堂吉诃德的胡闹，于是决定马上把骑士的封号授给他，以免出现新的状况，影响店里的其他客人。

受封完毕的堂吉诃德，一刻也不作停留，马上开始了他的猎奇冒险旅程。可他突然想到店主说他作为骑士，还缺少一位侍从，于是决定回家一趟。

我们习惯做一个决定之前，就考虑到诸多因素。

如果是一些积极的因素还好，可以促使我们早日行动；可如果在深思熟虑的过程中，我们遇到的是一些不好的因素，我们很可能就此再也不敢踏出那一步了。

在我们的身边，那些对现有工作不满意，但是又不能果断辞职的人，就会被各种因素所困扰。害怕辞职找不到更好的工作，可是不辞职又觉得自己毫无长进。于是就会开始在辞职和在职之间，继续徘徊。

但是堂吉诃德不一样，他在一定程度上，是一个非常果敢的人。因为欣赏骑士小说中那些骑士的所作所为，就想要变成一个真正的骑士，并遵循骑士那套保护弱小的价值观。

他做这件事的时候，已经五十岁了，是一个已经可以在家安享晚年的年纪，但是他没有选择继续过一种让自己舒服的生活方式。他决定出发，就一刻也不再耽搁。不仅如此，他还用自己的行动告诉我们，无论什么时候，只要下定决心去做一件事，都不会太晚。

梦想并不是年轻人的代名词，只要出发，一切都不算太晚。

就像电影《本杰明·巴顿奇事》里说的那样：“人生从来都不会嫌年轻或者太老，一切都是刚刚好。”

我们所有人，不管身处何地，在何种时刻，都不仅可以有梦，也有追梦的资格。我们应该学习堂吉诃德，只要有了梦，做了决定，只要还愿意出发，只要还有前行的动力，我们就可以成为那个，走在追梦路上的人。

Step 3

回家路上，林中的哭声吸引了堂吉诃德的注意。原来是一个雇主正在鞭打弄丢自己羊的用人。堂吉诃德立马上前阻止，并要求雇主给用人解绑。

雇主被堂吉诃德奇怪的装扮吸引了目光，害怕自己受伤，就答应了。即便用人再三质疑堂吉诃德和雇主口头的“君子协定”，堂吉诃德也坚信，事情已经在自己的帮助下得到解决。于是，他骑着快马离开了，而等待用人的，却是一顿更重的鞭子，直到把他抽得晕死了过去。

而已经走远的堂吉诃德对此毫无所知，他正在为自己的所作所为而沾沾自喜。恰好此时，他又遇到了前去穆尔西亚买丝的商队。

堂吉诃德开始模仿骑士小说中的人物，要商人们承认他的意中人杜尔西内娅是天底下最美的人。商人们在不知情的情况下开起了杜尔西内娅的玩笑，没想到玩笑太过，让堂吉诃德觉得自己的意中人受到了冒犯，打算向对方动手。

正在此时，堂吉诃德的坐骑出了问题，他也跟着摔倒。他用尽全力想要爬起来，可身上的长枪和盾牌让他的身体失去了灵活，难以起身。

但是，遭遇这一切的堂吉诃德并没有认输，而是说那些已经打算离开的商人们是胆小鬼。没想到这惹怒了其中一个脾气不好的商人，堂吉诃德被暴揍了一顿。身受重伤的堂吉诃德再也爬不起来，他不再白费力气，而是学着书中的一套规则，以为受伤的人只要默念一个名叫绿林骑士的话，就可以转危为安。

同村的一个老乡看到了他，并把堂吉诃德送回家中。

家人一边手忙脚乱地查看堂吉诃德身上的伤，一边对骑士小说这个意义上的罪魁祸首恶语相向。

了解了堂吉诃德受伤的原因后，大家一致决定要把那些骑士小说全部销毁——这是村里的神父和理发师想出来的治疗堂吉诃德失心疯的办法。不仅如此，他们还把书房的门窗堵死，让堂吉诃德再也无法看他的那些书。

就这样，堂吉诃德接受了现实，在家中安安静静地呆了十五天。但他却在暗地里，锲而不舍地游说街上的农夫桑丘做他的侍从。桑丘答应了，他甚至没告诉自己的老婆孩子，就在没有任何人知道的情况下，和主人堂吉诃德重新出发了。

堂吉诃德追逐梦想的路上，一直有阻碍。同村人异样的眼光，家人的不支持，以及路上陌生人的不理解和嘲笑，但是这一切在堂吉诃德看来，都无关紧要。他总是会在身处困境时，找到一个说服自己继续走下去的理由，也总是会原谅那些伤害他的人。

堂吉诃德用自己的行动告诉我们，在追求梦想的道路上，有一颗坚定的心，有多重要。他可以在碰得头破血流后，再次出发，这是他战胜空虚和危险的一种方式。而我们很多人，缺少前行的勇气，是真的把阻碍当成了阻碍，我们跨不过阻碍，除了害怕自己一旦离开家人温暖的港湾就会遭遇挫折，还害怕大家对我们的看法。

我们无法自我认同，因此只会寻求外界的认可。外界一点不认可的声音，都可能成为我们放弃继续出发的合理理由。殊不知，在我们放弃梦想，甘于平庸的那一刻，我们也就失去了得到认可的机会了。

这样的后果是，越得不到认可，我们越渴望寻求认同。

如果我们正好觉得生活毫无意义，我们也许可以借助《堂吉诃德》找到某种可能性。

Step 4

堂吉诃德之所以能够说服桑丘和自己一起出发，是因为堂吉诃德许诺，如果有一天意外来临，他有幸征服一个海岛，就让桑丘做海岛上的总督。桑丘对此深信不疑，并坚信自己是可以管理的，无论海岛多大都不在话下。

两人在憧憬未来的途中，看到了郊野外的三四十架风车，但是堂吉诃德却对桑丘说，那是三四十个巨人。他决定去和巨人交手，并把他们一个个杀死，而这场正义的战争，所获得的胜利品就足以让他们发财了。

正在这时，一阵风吹来，风车的翅翼转动了起来，先是把堂吉诃德的长枪毁成了几节，接着连人带马把他甩了出去。

“风车事件”并没有让堂吉诃德意识到自己的问题，他甚至提醒桑丘，即便他遭遇到了天大的危险，也不能出手相助。

说话间，路上走来两个修士，两人都带有面罩。修士后面的马车上坐着一位贵妇人，旁边有几个随从。

堂吉诃德随即把贵妇人看成一位落难公主，把其他人看成了强盗，想当然地以为公主遭到了挟持，他决定对公主伸出援手。

堂吉诃德的来势汹汹，使一位修士吓得自己滚下了骡子，另一位则落荒而逃。桑丘看到主人占了上风，就动手去脱滚在地上那位修士的衣服，结果被另一位骡夫推倒在地，甚至被拔掉了胡子，在吃了一顿拳脚后，桑丘昏死过去。

而此时的堂吉诃德，却在和车上的贵妇人说话。他告诉贵妇人，对自己拯救她的行为不需要心怀感恩，只需要贵妇人到自己意中人杜尔西内娅所在的地方，告诉她堂吉诃德救人的举动就行。

贵妇人的侍从认为他们的行程会因此被耽误，很是生气，就和堂吉诃德争吵起来。两人发生冲突，这一次堂吉诃德占了上风。桑丘以为自己做总督的事情马上就可以实现，但下一秒，堂吉诃德却说今天发生的一切，算不上什么奇遇，让桑丘继续等待时机。

看到桑丘受伤，堂吉诃德说到了一种大力士神油，只要受伤的人涂上一滴，就可以药到病除。并说自己记得炮制这种神油的方子，有了它，就再也不用担心会因为重伤而送命了。

堂吉诃德把风车当成巨人，自己也未在这一次的挑战中得到丝毫好处。他把贵妇人当成受胁迫的公主，自顾自地拯救，虽然这一次决斗占据了上风，但他却耽误了对方的行程。

如果我们从这个角度来看，似乎堂吉诃德这个人是不讨喜的。但是，在堂吉诃德看似荒唐的行为下，其实隐藏着的是他的一种积极思维方式。

趋利避害，这是我们与生俱来的天性，生物因为有这种本能，所以可以不断向高级进化。

而人类因为这种天性，会害怕死亡和疾病。遇到比自己强的人，我们会回避，遇到危险，我们可能最先想到的是保护自己免受伤害。

但是堂吉诃德不一样，他的思维里，似乎没有惧怕和退缩。他拥有骑士的正义感，这样的价值观，让他敢于去挑战一切他不那么理解的东西。

对堂吉诃德来说，他第二次从家里出发，这本身就是一种冒险。他的勇气和决心，在这一刻都展露无遗，他并非是要逃避原来的生活，他是要去面对未知，去迎接更大的挑战。

Step 5

天色渐晚，两人当晚的住宿问题还未得到解决，他们赶不到可以住宿的地方去，桑丘很是懊丧，而堂吉诃德正好相反，他觉得露天过夜，也无所谓，他把露宿看成是骑士的一种修炼。

而在之后的经历中，堂吉诃德又做出了一些荒唐事，还连累桑丘再次受了伤。桑丘催促堂吉诃德尽快做出可以治疗疼痛的药油，堂吉诃德立即着手准备起来。

但是，桑丘喝下药油后丝毫没见到效果，反而开始肚子疼，外加呕吐，被折磨得死去活来。面对桑丘的处境，堂吉诃德坚持认为，这是桑丘没有被授封骑士的原因。

接着，堂吉诃德又做了一些疯狂的事，桑丘对此感到绝望，他第一次产生了撇下主人，自己回家的想法。他也对自己的境况感到委屈，觉得和堂吉诃德在一起，一点也不自由，因为说话都要被限制。

听到这些的堂吉诃德，开始把桑丘和自己放在同等的位置，让他想说什么就说什么。桑丘得到安抚，暂时留了下来。

之后，堂吉诃德让桑丘回家送一封信给自己的意中人杜尔西内娅，他自己则开始在黑山为了爱情修炼。

回到家乡的桑丘，见到了同村的神父和理发师，说了自己和堂吉诃德一路经历的一切，两人觉得堂吉诃德疯得厉害，甚至把桑丘都影响了。

而桑丘没有完成送信的任务，事实上，堂吉诃德并没有把信交给桑丘。他决定直接返回，这样在堂吉诃德问起时，就告诉主人自己已经把信口述给了杜尔西内娅。

神父和理发师心生一计：神父决定扮演一个出门浪游的少女，理发师扮演少女的侍从。他们会说自己受到了骑士的侮辱，请求堂吉诃德跟随他们去找侮辱自己的骑士报仇。

两人打算用这种方式，把堂吉诃德带回家乡，然后治疗他的疯病。

最终，他们的计划并没有成功。但是，堂吉诃德还是第二次回到了家乡——他再一次因为跟别人起冲突受了重伤。出于对身体的考虑，堂吉诃德决定暂时回家乡休养。

休养一段时间后，堂吉诃德和桑丘就决定要第三次出发。

但是这一次，堂吉诃德打算去向意中人杜尔西内娅辞别，并要桑丘带路。桑丘开始犯难，因为桑丘自始至终，就未见过杜尔西内娅。

四百多年前的西班牙，不同阶级之间，不会存在平等对话的可能。

按道理来说，一个仆人很难与主人无所顾忌地聊天。但是面对堂吉诃德，桑丘会诉说自己的委屈，堂吉诃德也能够给他更多的理解。

桑丘因为不能想说什么就说什么，有了不再做侍从的想法。堂吉诃德知道原因后，立刻做出了妥协，答应桑丘可以畅所欲言。

他们两人之间，尽管身处两个阶层，但是却可以展开西班牙当时以为的，只有平等关系才会发生的对话。与其说他们是主仆，倒不如说他们是朋友。

堂吉诃德对朋友如此，对待自己的感情同样如此。在堂吉诃德的眼中，没有一个人可以比得上杜尔西内娅，她是高贵的，美丽的，不容亵渎的。

他要所有人都知道，他所做的一切，都是要更加符合一个骑士的身份。而他喜欢上的，是一个举世无双的高贵女子。没有人见过杜尔西内娅，但是通过堂吉诃德一次一次地诉说，我们也许真的就可以感受到，有这样一个人存在。

Step 6

在去见杜尔西内娅的路上，堂吉诃德和桑丘两人都忧心忡忡——桑丘担心自己的谎言被拆穿，堂吉诃德则是害怕在意中人面前有失体面。

不过很快，桑丘就想到了一个计划，他打算随便指一个乡下姑娘，告诉堂吉诃德那就是他的意中人。堂吉诃德一开始并不相信，因为那个姑娘又蠢又丑，但很快他就找到了说服自己的理由——这肯定是魔法师在作怪，是为了防止他见到意中人时兴奋过头。

两人继续前行的路上，受邀到一对公爵夫妇家做客。公爵夫妻安排了一系列奇事，把堂吉诃德和桑丘耍得团团转。

他们雇用了一个人，告诉堂吉诃德解除杜尔西内娅身上魔法的方法，就是打侍从桑丘三千三百下，堂吉诃德信以为真。

虽然桑丘知道这件事与魔法无关，但一旦把真相说出口，自己没见过杜尔西内娅的谎言就会被揭穿。所以他只能答应，但前提是，桑丘要出于自愿，才能接受挨打这份苦差事。

公爵夫妻想到的第二个捉弄计划，是让自己的仆人扮演一个受苦的人，这样堂吉诃德就会伸出援手，这时他们贡献出一匹木马，说可以带领主仆两人去到受苦人的家乡，从而为受苦的人出一口气。

公爵夫妻做的第三件事，是成全了桑丘做总督的梦想。所有的人都是提前安排好的，他们想要捉弄桑丘，但没想到，桑丘确实有管理上的天赋，他可以把一切处理得井井有条。

最终，桑丘还是决定回到堂吉诃德的身边，因为他觉得，和堂吉诃德在一起，比做总督要开心得多。

于是，两人离开了公爵的家。

不久后，一个自称是白月骑士的人，来找堂吉诃德比武。两人的赌注是，如果白月骑士胜出，堂吉诃德就必须听他的话，放下武器，回家待一年，再也不探奇冒险。

结果，堂吉诃德输了。而这个打败堂吉诃德的白月骑士，其实是堂吉诃德的一个邻居。因为不愿意堂吉诃德被骑士小说毁掉，因此才想到了这个计划。

回到家乡的堂吉诃德，高烧不退，连续躺了六天。但他的脑袋却无比清醒，大家都觉得很惊讶，认为堂吉诃德不再发疯了。最终，在立完遗嘱的三天后，堂吉诃德结束了他的一生。

堂吉诃德这一路走来，遇到了很多人，几乎都把他当成笑话来看，有人会使诈，有人会捉弄他，有人谎话连篇。即便是很多声称为他好的人，无一不是带着自己的目的。

而堂吉诃德，却一直在用自己的行动，来践行从骑士小说中学到的价值观。但他自己不知道，即便他奉行的那套骑士规则真的存在过，也已经离他如今生活的时代，太过久远了。但他却依旧觉得，这是他活着的使命。

在执行使命的过程中，所有他遇到的自己无法解释的人和事，都被看成是魔法师的手笔。其实，这何尝不是堂吉诃德找到的一个说服自己的理由。

在他眼里，他可以借助这个说法，来否定这个大众的世界，他一直按照自己的方法，站在自己的角度，来理解这个世界。

抛开堂吉诃德，我们再看桑丘，也能够发现这个人可爱的一面。

他对人无比信任，相信堂吉诃德许诺给他的海岛，相信自己可以成为总督，也相信家人的生活将会因为自己得到改善。

而在他阴差阳错成为总督以后，却更加怀念起自己和堂吉诃德在一起的日子，觉得那才是最适合自己的生活。

这一路走来，他看着堂吉诃德发疯，自己也三番五次受伤，他想过退缩，但最终，他还是留了下来。而他也在和堂吉诃德的游历过程中，慢慢成长了起来。

Step 7

塞万提斯生活的时代，骑士小说还很流行，因此在整部小说中，这种影响随处可见。

堂吉诃德第一次出行遇到的客店店主，堂吉诃德家乡的神父，堂吉诃德第三次出行时遇到的公爵夫妇，他们无一不受到了骑士小说的影响。但是骑士价值观丝毫也没能对这些人产生什么影响。

只有行走在路上的堂吉诃德，见证了没有骑士精神的现实世界，是多么的荒诞不经。

在现实世界，什么理想，什么道德准则，一下子就失去了意义。有人会为了达到自我愉悦的目的，不惜捉弄他人，比如公爵夫妇；有人会打着为了对方好的旗号，去做一些诓骗别人的事，比如神父和理发师。

在这些人的衬托下，堂吉诃德第一次独自上路的果敢、对意中人杜尔西内娅的痴情、对自我理想的坚定信念，都变得格格不入。而唯一让他甘心回家的，依旧是他自愿遵守骑士之间的决斗约定。

我们不能说堂吉诃德是英雄，因为他没成功过。塞万提斯也并非是要塑造一个英雄出来，告诉我们骑士是如何践行自我理想的。其实，就连堂吉诃德自己，都在弥留之际，幡然悔悟，自己并非英雄。但是，他的行为让我们看到了，一种达到理想目标的可能性。

所以，他不失为一位真英雄。

与此同时，堂吉诃德这位英雄的疯，是真实存在的。

他一路上看到的东西，似乎都变成了另一种模样。在他的眼中，风车成了巨人，翅翼成了巨人的胳膊。所以，他要用自己的长枪，来消灭这些坏人。他坚守心目中的正义，去做自己觉得对的事情。尽管这或许是在他犯病时，才会表现出的姿态。

但是他的疯，却让我们觉得感动。

因为他活着并非是为了自己，而是为了更多的人。如果是为了自己而活，他大可以在家舒舒服服地躺着，而不是风餐露宿。他心目中的理想世界，是人人都可以平等，是大家无灾无难，是某种程度上的大同世界。

堂吉诃德是一个理想主义者，在残酷的现实面前走得也越发艰难。但是他又不是一个只会幻想的人，在残酷的现实面前，他能够找到一套属于自己的规则生活下去。那就是，即便头破血流，也难以阻挡他接下去的脚步。

堂吉诃德最后在遗憾中结束了自己的一生，他没有为自己的所作所为感到抱歉，他唯一感到抱歉的，是自己拖累了周围的人。

作者塞万提斯在临终前说道：堂吉诃德为他一人而生，他为了堂吉诃德一人而活；堂吉诃德行事，他记述，最终两人融为一体。

塞万提斯笔下的堂吉诃德，何尝不是他自己，但又不全是塞万提斯自己，因为他不疯不傻。

但是堂吉诃德，却是塞万提斯。

塞万提斯借助堂吉诃德之口，写出了自己的愿望。堂吉诃德的行为，思考，体验，愿望，都是塞万提斯想要去经历一场的。

塞万提斯的一生，都缺少自由。所以他希望自己可以和堂吉诃德一样，可以自由地闯荡在人世间。

堂吉诃德教会我们的，是人不仅要有理想，也要有为理想付出一切的精神；是我们要坚持那些正确的价值观，即便是遭遇他人的嘲笑也不可动摇；更重要的是，他让我们看到了，只要出发，生活就会有另一种可能。

Chapter 10

傅雷家书 · 赤子孤独了，会创造一个世界

『人生终有许多无可奈何，能左右的是自己，不能左右的是别人。』

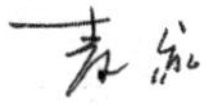

中国家庭教育典范，两代人精神交流实录。一本“充满着父爱的苦心孤诣、呕心沥血的教子篇”，也是“最好的艺术学徒修养读物”。

Step 1

“赤子孤独了，会创造一个世界。”这是傅雷夫妇的墓志铭，也被认为是傅雷生平的最佳概括。

作为一名作家，傅雷是那个年代为数不多的能够依靠稿费自食其力的典范，其最为世人熟知的身份准确地说是翻译家，经他翻译的作品涵盖《巴尔扎克全集》《贝多芬传》《约翰·克利斯朵夫》等等。除此之外，在音乐和美术等艺术研究领域，他亦有着很高的造诣，不仅曾执教美术批评史，还撰写过艺术评论，对后世研究具有绝佳的参考价值。这项事业尽管孤独，他却用作品温暖着世人和这个世界。

妻子朱梅馥是他的表妹，也是家中包办婚姻为他选定的妻子。她本不是他最爱的那一个，但在与之交往中，傅雷慢慢体会到这个女子的贤良淑德、秀外慧中。二人感情不断升温，最终结为夫妻。

在三十四年的婚姻生活中，傅雷和妻子相濡以沫，共同经历生活的困苦和磨难，直至1966年9月3日，二人携手在家中自尽，饮恨与这个世界告别。可谓“生则相伴，死亦相随”。

他们的儿子，一个成了世界级著名钢琴家，一个做了人民教师，虽然成就各有不同，但他们印象最深刻的，都是父母的谆谆教诲，是那纯洁、正直、真诚、高尚的灵魂给予他们的影响力，是父母在字里行间浸润的浓浓爱意，更是“先做人，后做事”的家风底线。

《傅雷家书》在撰写时，并未有过公之于众的打算。后来，次子傅敏将1954年至1966年间父母与哥哥傅聪之间的部分往来书信，结集交给出版社公开出版。一方面是为了纪念父母、寄托哀思，另一方面他也深切地体会到了父母给予他们的家教背景的普适性，希望更多的人从中得到启发，大家共同领悟，共同成长。

一封封信件读下来，我们除了能够深刻体会那句“可怜天下父母心”，也大致了解了傅家人的性情：父亲喜欢分析利弊，而不直接给出答案；母亲则常常表达润物细无声的关切，有时也会在信中涉及一些父亲傅雷不想或者不愿提及的话题，比如：家中遭遇变故，父亲被打压；家中经济状况堪忧，急需资金援助。傅雷后期身体状况不佳，写信的次数相对减少，却更加渴求收到儿子信件的心情，也被细心的朱梅馥写进了信中作为提醒。

至于傅聪，他充满激情，对音乐保持专注和热爱，却不善与人交往，不愿意倾吐自己的心事。最初通信的那段日子，很多时候，就连父母，也很难听到他内心最深处的声音。好在，通过父亲坚持不懈的思想沟通、理念灌输，傅聪慢慢学会了表达，他的观点和知识储备从某种程度上说，好似为傅雷打开了一扇窗，让傅雷对相关理论产生了更加全面客观的认知，从而更好地引导他人。

如今很多人读《傅雷家书》，是因为深受其教育理念的启发，把它当作教育子女的蓝本。但对于傅雷、傅聪父子二人平等对话之前的那段严格施教、彼此介怀的时光，好多人都没有充分了解过。好在，傅雷先生的生前好友、《傅雷家书》的代序作者楼适夷为我们描绘了当年的一些场景，让我们得以参照反观，进而从源头去学习教子良方。

楼适夷刚认识傅雷的时候，傅雷的儿子没有去上小学，也不被允许去外面玩，而是被关在家里，由傅雷亲自教育。不仅亲历编订教材，还制定了日课，规定了每日练琴的时间。这样的方式可以说既严苛，又彰显了一个父亲的爱与责任。

也是从那个时候开始，傅聪对父亲产生了敬畏之心，不敢在他面前大声说话，不敢对着他笑闹，甚至于有事也不愿意与傅雷交流。这种状态一直延续到解放初期，那时傅聪在父亲的安排下在昆明学习，因为想家，他没有惊动父亲所托之人，在朋友的资助下一个人不声不响地回了上海。

不难看出，到此时，父子二人的关系仍有些僵持不下的意味。而远渡重洋后，那些信反而成了纽带，互诉衷肠间，拉近了彼此的距离，也让他们更加客观地看到彼此的心意。

Step 2

1954年1月18日，傅聪踏上了赴波兰的留学之旅。从此，一纸书信架起了傅聪与父母的沟通桥梁，诉说思念、交流思想，方寸间的世界可以很小，也可以很大很大，小得只能容下彼此的心，而笔尖倾泻出的文字却拥有广阔天地，大到可以涵盖各个艺术领域、家庭生活和为人处世之道。

谁能想到这对父子，在傅聪出国前一年还因为学术问题起过强烈争执呢？

当时，父子二人就贝多芬小提琴奏鸣曲中哪一首最重要的问题，展开了激烈争论。傅聪根据自己的音乐感受，不同意父亲依据多年知识判定第九首《“克勒策”奏鸣曲》最为重要的观点，认为《第十小提琴奏鸣曲》最重要。双方争执不下，产生严重冲突。在父亲勃然大怒的情况下，倔强的傅聪毅然离家出走，住在父亲好友毛楚恩家一个多月。

后来，关系虽然有所缓和，可共处的时间已很有限，再加上中途的演出和比赛任务，二人真正好好相处的时光少之又少。

老辈人说父子天生就是敌人，对于本就有隔阂的傅雷、傅聪父子来说，彼此生疏更是理所当然的事。在一起时对感情的分量往往体会不深，可一旦分离，尤其是想到此去路遥，心中不免会徒增几分感慨。

于是，在傅聪离开的当晚，傅雷提笔写下了给儿子的第一封信：

我从来没爱你像现在这样爱得深切，而正在这爱的最深切的关头，偏偏来了离别。

孩子，我从你身上得到的教训，恐怕不比你从我得到的少。尤其是近三年来，你不知使我对人生多增了几许深刻的体验，我从与你相处的过程中学到了忍耐，学到了说话的技巧，学到了把感情升华！

别忘了妈妈之于你不仅仅是一般的母爱，而尤其因为她为了你花的心血最多，为你受的委屈——当然是我的过失——最多而且最深最痛苦。

孩子，孩子，孩子，我要怎样的拥抱你才能表示我的悔恨与热爱呢！

自此，父子二人的心结终于解开。

距离远了，父子的心却近了。傅雷盼望着儿子哪怕只言片语的回信，为的是了解他的学习生活近况，也能够知晓他是否平安健康。如果儿子愿意把心底深处最真实的想法说出来，那当然就更好了。

而傅聪最愿意和父母交流的，莫过于他热爱的音乐事业。他日以继夜地研究肖邦，终于把肖邦的作品演奏得如流水般自然，不仅获得了肖邦学生的肯定，称其领悟到了肖邦演奏中音色的变化，也让很多专业人士和肖邦爱好者折服。

坚强的意志固然是他自己用心磨炼的结果，但追根溯源，父亲从小的管束和教导亦在其中起了很重要的作用。这种坚强不仅仅是持续不断的练习，还有在夸奖面前的冷静与镇定。正因如此，傅聪才能够时刻保持对艺术的谦卑，踏踏实实一步一个脚印走下去。

而所谓心灵的纯洁，他自己也在给父母的信中谈到，这样的想法与王国维的名句“词人者，不失其赤子之心者也”有异曲同工之妙。王国维正是此前父亲向他推荐过的，而“赤子之心”，也是父亲在回信中常谈及的重点。

由此得知，父亲说的话傅聪不仅听进去了，还照着去实践了。难怪他最终能取得第三名的好成绩，父母为他的表现感到安慰也是理所当然的了。

儿子的音乐事业进展顺利，父母本可以安心了。谁知，他们又从他人口中得知，傅聪瞒着父母在打算另赴苏联学习，中途还将回上海参加专场演出。

团聚原本是值得高兴的事，可傅雷夫妇却无论如何都开心不起来。比赛结束后很久都没有收到儿子的信了，本就心急如焚的他们，又得知了这样的消息，傅雷既着急，又无所适从，无奈之下，他只好主动在信中提及这些事，希望能获得有效的回应。

隔了很久，终于收到回信。儿子的答案归结起来只有两个字：矛盾。父亲虽然为之分析利弊，却把最终的决定权交给了傅聪自己。

都说距离产生美，其实这句话还可以继续延伸。比如这一次，距离让傅雷这个做父亲的变得理性而克制，他愿意平等地对待儿子，愿意给他更多的自由和空间。

Step 3

时间指向 1956 年，傅聪获奖的余温还未散去，父亲会不时关注外媒的相关报道，也会继续搜集儿子感兴趣的相关资料，归集整理后供傅聪学习。

当旁人对傅聪的成才之路感到好奇的时候，傅雷这样回应着：

> 你们看到的只是他以前关门练琴的状态，可万万想不到这孩子平日里除了练琴，同样关心琴以外的学问和时局；也万万想不到傅家教育的空气绝对不是单纯的，除了音乐，也不乏与之相关的种种，比如人物生平，艺术家的艺术理念，甚至是延伸出来的文化背景，以及能够勾连到的种种知识，等等。

拿弹奏肖邦的乐曲来说，如果只知道埋头练琴，是无论如何都触及不到其中的精髓的。父亲通过反复聆听和查阅资料，慢慢明白了其作品中包含的精神内核，他在信中和儿子交流时，有过类似下文的表述：

> 你手下表现的肖邦，的确和通常意义上的不同，毫无一般的感伤成分。我相信你所了解的肖邦是正确的，与肖邦的精神很接近——当然谁也不敢说完全一致。

这样的结论一定是在傅雷大量翻阅文献资料，整合信息的基础上得出的，他不仅向那些对此感兴趣的人介绍这个非同一般的肖邦，甚至还受邀写下了肖邦小传，成文后广受好评。

而傅聪，也在给母亲的回信中，对父亲寄给他作为参考的这一篇给予了充分肯定：

爸爸写的肖邦小传我觉得好极了，充满了诗意，而且肖邦的面貌也很真实。

这样的事，算是彼此成就也好，无心插柳也好，总之父子二人都能从中受益。而父亲傅雷，在初尝了教育成果的欣喜之余，则更加卖力地与之沟通交流，提供成长路上的意见与建议。

傅聪的天分和绝佳的悟性，让他有着趋于优秀的天然优势，再加上勤奋刻苦，孜孜不倦，取得突破性进展只是时间问题。傅雷作为傅聪成长路上的见证者，在很多问题上最有发言权。难得的是，他能够很好地平衡理智与情感的关系，保证了个人观点的相对公正。正因为这样，他发自内心的夸赞能够在某种程度上印证傅聪进步的速度，而适度的批评也大都是深思熟虑的结果。

这一年，傅聪参加了此前曾在信中向父母提到过的上海音乐会，结束后与父母同游了杭州九溪十八涧，这一次也是傅聪与父母的最后一次出游。

在 1957 至 1958 年的“反右运动”中，傅雷受到长达一年的错误批判，为了避免引起傅聪的愤懑情绪，影响学业，父母在信中始终没有告知实情。

当时，傅聪已经听说了关于父亲的政治传言，为避免“老子揭发儿子，儿子揭发老子”的“父子双亡”后果，在波兰艺术家的协助下，傅聪无奈出走英国。

这段时间，傅雷的生活中充满了政治色彩，而身体状况却大不如前。可他依然爱着自己的儿子，他把爱埋在心里，化为深深的祝福，期待在梦中得以表白。

在期盼与艰难中，终于熬过了那段日子，1959 年的一天，傅聪收到了一封没有称呼和落款，只标注了日期的信：

一、对外只谈艺术，言多必失，防人利用。

二、行动慎重，有事多与老辈商量，三思而行。

三、生活节俭，用钱要计算。

四、爸爸照常工作。

从日期看这封信写于那年的 3 月 20 日，看字迹，无疑是父亲的笔体。久违的关切，少见的简短，还是让他心底泛起了一股暖意。

此后，父亲逐渐恢复与傅聪的通信，内容也慢慢丰富起来，除了叮嘱其认真阅读和钻研外，特别提示傅聪要注意身体，合理安排时间，适当放松，在沉淀中反思，而后及时开展自我批评。

这是经验之谈，是彻骨的领悟，更是认清形势之后的一种自我保护。

Step 4

1961 年，已近而立之年的傅聪不仅钢琴技法、艺术理念上日臻成熟，对人生的理解也上了一个台阶。随之而来的，是感情世界的日渐丰富，他开始认真择选自己的终身伴侣。

父亲给出三个可供考量的因素：本质善良、天性温厚、心胸开阔。这或许是几十年婚姻生活磨砺出来的经验之谈，但更可能是傅雷从妻子朱梅馥身上看到的闪光点。

做父亲的，自己有了这类的经验，自然也怀着同样的希望期待儿子的婚姻有完美的结局，于是当他听说儿子有了适宜结婚的对象，首先叮嘱儿子要慢慢学会适应，同时他也对未来的儿媳交了底：

亲爱的弥拉：聪是一个性情相当易变的艺术家，诙谐喜悦起来像个孩子，落落寡欢起来又像个浪漫派诗人。有时候很随和，很容易相处；有时候又非常固执，不肯通融。而在这点上，我要说句公道话，他倒并非时常错误的。其实他心地善良温厚，待人诚恳而富有同情心，胸襟开阔，天性谦和。

他希望在这样的铺垫下，两个年轻人能更好地熟悉彼此、认识彼此，进而包容彼此，在相濡以沫中共担风雨，共享柴米油盐的平淡、婚姻生活的酸甜苦辣。

对于一个还没过门的儿媳提要求，本是有违常理的，而对于一个文化背景和思想观念与整个家庭都存在差异的人提要求，似乎也显得有些不近人情。然而，这个与傅雷和朱梅馥未曾谋面的女孩，却因为在刚与傅聪交往时，给他们留下了绝佳的印象，而让身为长辈的傅雷少了许多顾及，甚至为了照顾她的感受，专门用英文和法文写信，与之交流。

当然，认定儿子即将与弥拉结为连理，是上述种种苦心付出的前提。然而，傅雷却并不像看上去那样理直气壮和心安理得，他把心事倾吐在写给儿子的信里：

我老想帮助弥拉，但自知手段笨拙，怕信中处处流露出说教口吻和家长面孔。青年人对中年老年人另有一套看法，尤其西方少妇。你该留意我的信对弥拉起什么作用：要是她觉得我太古板、太迂等等，得赶快告诉我，让我以后对信中的措辞多加修饰。

自 1957 年遭遇打压之后，他的身体已大不如前，伏案写作对他来说更像是一种折磨，但为了儿子，他真的顾不得这些了。这样的精神着实令人钦佩，难怪妻子朱梅馥直言不讳地跟儿子说：

世界上像你爸爸这样的无微不至的教导，真是罕有的。你要真心的接受，而且要拿实际行动来表示。来信千万别笼笼统统的，多一些报道，让他心里感到温暖快乐，这就是你对爸爸的报答。

妻子嘱托儿子的话是傅雷心境的真实写照，对于这些，傅雷并非没有期待和渴望，只是过于含蓄又不愿苛求。要不是怀着这样的心情，他也不会因为受到儿子的重视而高兴，甚至于还专门在信中提及了这一点：

最近几次来信，你对我们托办的事多半有交代，我很高兴。你终于在实际生活方面也成熟起来了，表示你有头有尾，责任感更强了。

在父母的期待和祝福里，傅聪和弥拉两个年轻人终于正式步入婚姻的殿堂。然而，傅雷夫妇对儿子操的心并不比从前少。

儿子在生活规律和经济支配这两点上，并没能在离家之前培养出好习惯。儿媳又比儿子年轻，就算心智成熟，毕竟阅历尚浅，这怎能不让人担心？你看，傅雷先生面对孩子，从来是不吝惜笔墨的：

安顿一个新家，一定使你们上了扎实的第一课。我希望，你们一旦安顿下来之后，就会为小家庭施行一个良好的制度。

坚强的意志，但这不是小事，而是持家之道，也是人生艺术的要素。事前未经考虑，千万不要轻率允诺任何事，不论是约会或茶会，否则很容易会为践诺而苦恼。

傅雷的言传身教看似琐碎，实际却关乎长远，他费尽心思告诉儿子的无非只有一件事：生活也是一门艺术，操持好生活，学会做一个普通人，未必比艺术表演和理论研究花的心思少。

Step 5

傅雷曾说过："一切伟大的艺术家（不论是作曲家，是文学家，是画家……）必然兼有独特的个性与普遍的人间性。"

个性，是仰赖日积月累形成的独特风格，自然是越难模仿越好，它能够提高一个艺术家的辨识度，让人第一眼就从同类繁多的圈子中认出你来。而人间性，强调的则是纯与真，是一份脱胎于凡常人生的烟火气，更是一种时刻保持孩子般好奇心的生机和活力，是自心底流淌出的一种美妙韵律。

多年来，在傅雷的悉心教导下，傅聪的艺术素养一直在稳步提升，音乐之外，他还喜爱阅读，将自己的灵感浸润在中西方文化里，任指尖跟随头脑在方寸间自由驰骋。

有了妻子之后，他的生命中多了一个精神伴侣，再加上他的岳父梅纽因亦是一名杰出的音乐家，能够时时与之探讨，在提升认识的同时，精进技艺，开阔眼界。

除此之外，还有一点值得称道，年少获奖、一举成名的傅聪，始终能够保持积极向上的心态，戒骄戒躁、不断地自我提升。

你可能会说，傅聪自幼学习钢琴，这样的提升本是水到渠成的事，并不新鲜。可就在 1962 年，父子还曾有过这样的交流：

前信你提到灌唱片问题，认为太机械。那是因为你习惯于流动性特大的艺术（音乐）之故，也是因为你的气质特别容易变化，情绪容易波动的缘故。文艺作品一朝完成，总是固定的东西：一幅画，一首诗，一部小说，哪有像音乐演奏那样，能够每次予人以不同的感受，音乐的流动性那么强，所以听的人也不容易感到多听了会变成机械。何况唱片不仅有普及的效用，对演奏家自身的学习改进也有很大帮助。

傅聪深居海外多年，除了摩挲品读那些信，大概就只有一遍遍地听唱片寄托思念之苦了。然而，身为艺术家的傅雷，总能在情感之外，多一些理性和情趣。

情绪波动原是浪漫派的通病，傅聪骨子里的浪漫气息有多浓，身为父亲的傅雷心知肚明。他不能每次都直言不讳地批评儿子的弊端，却能够在讨论其他话题时，巧妙地将自己善意的提醒融入其间，这不能不说是做父亲的智慧。

而且，基于对傅聪一贯所持的欣赏态度，他必须指出音乐这个行当比起其他任何形式都较难克制，这是做父亲的责任，也是他做人准则的体现。除此之外，为了帮助傅聪提升，他不仅指出听唱片对自身的改进功效，还从一个听者的角度肯定了音乐独特的感染力，从某种程度上增强了这个年轻人的成就感。

一面是鼓励，一面是鞭策，傅雷很好地将二者结合在了一起。更为难得的是，他涉猎广泛，对于音乐的鉴赏力也极强，虽然并不像儿子一样把演奏作为事业，却往往能给出比较专业的意见。

成就的取得往往催逼着一个人向更高处迈进，这本无可厚非，而且对于傅雷这样的大家而言，儿子不仅仅是镜子，还是一把钥匙，总能在不经意间为他打开通往未知世界的通道，这对于喜欢翻译名人传记的傅雷来讲，无异于开拓了一块宝藏之地。

然而，傅雷太了解傅聪对音乐的痴迷程度，他不希望儿子为了音乐陷入癫狂，不顾身体，不顾家庭，没有任何个人的时间与空间，他更不希望儿子陷入沉迷技巧的怪圈无法脱身，在这一点上，他甚至不惜用严厉的口吻加以强调：

你太片面强调艺术，对艺术也是危险的：你要不听从我们的忠告，三五年七八年之后定会后悔。孩子，你就是不够明智，还有，弥拉身体并不十分强壮，你也得为她着想，不能把人生百分之百地献给艺术。勃隆斯丹太太也没有为了艺术疏忽了家庭。你能一年往外散心一两次，哪怕每次三天，对弥拉也有好处，对艺术也没有害处，为什么你不肯试验一下看看结果呢？

对艺术而言，比起忘记技巧，更可悲的，其实是丧失好奇心和童趣。毕加索用前半生学习画得像个大人，却用后半生的时间来学习画得像个孩子。这不能不说是一种至高的境界，所谓浑然天成，大抵还是要适时放空，回到生活中，去寻找事物的本真。

傅雷知道，他和妻子无法永远陪伴孩子们，道理总是多而繁杂，在有限的时间里是无论如何都讲不完的。于是，他把那些最为核心和关键的，一点一点渗透给儿子，而后再通过不同的方式去反复强化，这固然会承担被嫌怨的风险，可于傅聪一生的成长而言，必是有益而无害的。

Step 6

1964年年初，傅雷在这一年写给傅聪的首封信里，没有提及生活，也没有任何客套，直切主题，在提及《古代音乐家》《今代音乐家》和《音乐与音乐家》等专著之后，再度通过穿插其间的引用，表达博览群书的重要性，同时提示傅聪在借鉴他人的经验之余，检视自身，从繁杂的技巧中不断精简，在修炼中走向成熟，进而展现炉火纯青的艺术手法。

那之后的信，又把婚姻关系、子女教育、投资理财等生活相关问题谈了个遍，虽然对于傅聪在生活上的进步予以了肯定，但是提出的期待也不少，特别叮嘱他要多多照顾儿媳，傅雷在信中说：

弥拉怀孕期间，更要让她神经安静，心情愉快，定期检查，等等，你们有的是医生，不必我们多说。她说胃口不好，胖得像头母牛，这倒要小心，劝她克制一些。母体太胖，婴儿也跟着太胖，分娩的时候，大人和小孩都要吃苦的！故有孕时不宜过分劳动，却也不宜太不劳动。

抛弃傅雷的学者身份，这几段话，尤其是对弥拉怀孕期间的嘱咐，听起来更像是一位贴心慈母的口气。虽然弥拉自幼丧母，缺乏爱护，这样的事的确需要多加关心，作为长辈傅雷也有责任和义务去叮嘱。

当然，这也从另一个层面说明，傅雷一直对妻子心怀歉意，他不希望儿子走自己曾经的老路，为投身艺术而亏欠家庭太多。

傅雷追求了一辈子艺术，他知道这条路是无论怎样也没有止境的，所以他很早就告诉傅聪，要分一部分精力在生活上，毕竟生活带给人的欢乐和灵感才是无穷无尽的。

在短暂而漫长的人生历程中，陪伴一个人时间最长的，除了父母，大概就是伴侣了。当傅雷感觉身体状况大不如前，甚至有来日无多之感的时候，他首先想到的是，再一次把夫妇相处之道传递给傅聪，让他学会经营生活、经营婚姻。

或许是因为事业忙碌，或许是因为琐事缠身，总之，傅聪很久没有给父亲写信了，虽然偶尔能从弥拉的来信中获取一些碎片化的消息，但始终还是不够全面。傅雷夫妇无法克制自己不去思念，只好用一连串的疑问来纾解心事，表达强烈的沟通愿望：

肖邦的《练习曲》是否仍排作日课？巴赫练得怎样了？一九六四年练出了哪些新作品？你过的日子变化多，事情多，即或心情不快，单是提供一些艺术方面的流水账，也不愁没有写信的材料；不比我的工作和生活，三百六十五天如一日，同十年以前谈不上有何分别。

同时，一向知晓傅雷心事的朱梅馥，也在信中称赞弥拉，为他们带来寂寞中的温暖，烦恼中的安慰：

半年来幸而弥拉有信来，还有凌霄可爱的照片，给了我们不少安慰，我真是万分地感谢她。你的行动多少还知道一鳞半爪，弥拉还很有趣地描写孩子的喜怒，我们真是从心底里欢喜。

儿子的成长，儿媳的贴心，孙儿的灵动，都是让傅雷夫妇在晚年生活中可以感到幸福的因素。然而，政治上的阴霾并未真正散去，他们的收入越发微薄，每月需要依靠傅聪接济度日，再加上夫妇俩身体状况越发地不乐观，1966 年，傅雷在生命最后的那段日子，时有伤感之语：

总感觉为日无多，别说聚首，便是和你通讯的乐趣，尤其读你来信的快慰，也不知我还能享受多久。

近一个多月妈妈常梦见你，有时在指挥，有时在弹协奏曲。也梦见弥拉和凌霄在我们家里。她每次醒来又喜欢又伤感。

这几封信之后不久，也就是 1966 年 9 月 2 日，傅雷夫妇留下遗书后，双双自尽。

“含冤不白，无法洗刷的日子比坐牢还要难过。”

谁能想到连耳顺之年都未到的一双父母，就这样含恨离开了。这不能不说是一种悲凉，好在儿子傅聪终于明白了先做人、再做艺术家的益处，明白了做人的底色不能丢，继承了父亲的意志，将“赤子之心”延续下去。

至此，《傅雷家书》便告一段落了。

Step 7

《傅雷家书》这本书，可以看作是傅聪的成长史，一部由傅家人共同编写的另类传记。而主要撰写人傅雷，凭借或文艺或家常的点滴，用自己最动人的笔触和傅聪谈理想、谈人生、谈艺术，也把自己对婚姻、对写作、对育子的感悟穿插其间，让一封封书信在兼具思想性、艺术性的同时，也不乏最本质的纯与真。

傅雷对儿子傅聪的教育始于少年，其严苛程度在朋友圈是出了名的，孩子读多少书、练多少琴都有一套既定的标准，丝毫没有商量的余地。这样做的结果是，儿子虽然技艺得到了提升，却直到上大学都不敢与他亲近。

这种境况直到傅聪出国前一年才有所改观。父子有了长达半个月促膝长谈的珍贵时光，虽短暂却值得铭记，我们甚至可以把那段日子看成是后来二人书信往来、感情日笃的基础。

傅聪赴波兰留学期间，距离催生了美感，也极大地激发了傅雷父爱中柔软的一面。想到儿子要面临陌生的环境、独自应付学习的艰难和日常琐事，傅雷和妻子朱梅馥一样，有“一万个”不放心。

虽说从小打下的基础，使儿子养成了良好的学习习惯，在练琴方面他一定是懂得下苦功的，但打理日常生活、处理人际关系、判断繁杂事务中的是非曲直，却未必是他擅长的，再加上傅聪本性爱较真，难免会被一些琐事牵绊手脚，或者因不懂拒绝而自苦。

因此，在刚分别的那段日子里，傅雷在信中完成了从“严父”到“慈父”的转变，他甚至一反常态地把他心底里的那份爱，通过直截了当的表白传递给儿子。及至后来儿子获奖，他给予热情的鼓励，也表达希望其劳逸结合的愿望，处处彰显着一个父亲的贴心。

对于儿子傅聪，傅雷曾经是有歉疚的，因为太过严格，儿子的性格里固然有喜欢死磕的一面，却也常常因为过分追求完美而不快乐。这种心性造成的影响，不仅会让自己，更会令一个家庭不安。

于是，在得知儿子有了适宜的结婚对象时，他一面劝导儿子要懂得体谅他人，另一方面也早早地向儿媳说明了家中情况，为的是提前做好预防，让对方有心理准备。

为了让儿子这段跨国恋情更加完满，他不仅给儿子讲述中西方文化的不同，也有意识地用英文和法文写信，推荐一些介绍中国传统文化的书籍，供儿媳弥拉阅读。因此，在音乐艺术之外，这对小夫妻的共同语言日渐增多，感情基础也更加牢固，今后教育孩子，自然也不会因为文化背景的差异过大，而产生严重分歧。

在傅雷看来，脾气相投、气质相符才能拥有可靠的幸福。而这份来之不易的幸福，正是一个父亲对于儿子们的期待。

关于文化艺术追求，傅雷给予儿子傅聪的影响是多方位的，遍及音乐、绘画、文学、戏曲、写作等多个领域。而写作和音乐，当是其中最为特殊的两个。但傅雷也反复跟儿子强调：艺术不是生活的全部。这话暗含的不仅仅是希望傅聪不要过分沉溺终致呆板，更是想告诉他，生活中除了美好，也不乏挫折、疾病和荆棘。能自如应对当然好，如果不能，至少也要换个环境、换一份心情透透气。

人生终有许多无可奈何，能左右的是自己，不能左右的是别人。在阴霾之下，傅雷夫妇含恨离世。傅敏说他们的离开坦荡而从容，而傅雷先生生前挚爱《约翰·克利斯朵夫》一书，其中的句子或许能为这场分别做最好的注解：

你们这些生在今日的人，你们这些青年，现在要轮到你们了！踏在我们的身体上面向前吧。但愿你们比我们更伟大、更幸福。

我自己也和我过去的灵魂告别了；我把它当作空壳似的扔掉了。生命是连续不断的死亡与复活。克利斯朵夫，咱们一齐死去，预备再生吧！

是的，傅雷夫妇的离去不是绝望，恰恰是坚守。傅雷生前用他的爱、用他对艺术的信仰支撑起“赤子之心”，他孤独着，却也快乐着。我们在先生面前谈人生，谈理想都太过虚妄，不如学他的执着一心，不卑不亢、自食其力、仗义体贴来得实际，愿我们站在他们的肩头，一路前行，走向更幸福的人生。

Chapter 11

呼兰河传·对于生的坚强，对于死的挣扎

『她是幸运的，但也是痛苦的，一生在离开，却又一生都在牵挂。』

——萧红

文学洛神萧红的代表作。这本书像一部自传，萧红回忆着出生的小城，好的、坏的，不好的、不坏的，好的不见得怎样优美，坏的也不会有多可恶，总是命当如此，哭也由不得人，笑也由不得人……

Step 1

呼兰河是一座并不繁华，甚至有一些愚昧的小城，城里的生活单调刻板。

小城里的人们就像植物一样，天真善良，却也困窘狭隘。他们像活在日历里一样，每一天都是努力却散漫的，每一天也都重复而乏味。春夏秋冬，一年四季来回循环地走，经受着风霜雪雨，受得住的就挺过去了，受不住的，就寻求着自然的结果。

萧红的写作，就是扎根在这样的故乡里。她写故乡的风土人情，并不止于描绘风光，而是立足于“人情”二字。通过不动声色的白描、平实的语言，扎扎实实地把呼兰河小镇人们的日常生活描写得生动形象。

呼兰河的人们质朴淳厚，也懒惰自私。街道上的大泥坑，晴天时给周围人家带去蚊虫，路过的人和牲畜有陷进去的危险；雨天则成为足以没顶的水坑，但是没有人想去把它填平，把这个障碍解决掉。

他们愚昧、迷信、落后。他们将一切不熟悉的事物都排斥在外。比如看到那拔牙店铺大招牌上大大的一排牙齿时，只觉得稀奇古怪，出于好奇心停下来看，但是真正牙痛的人，宁愿去熟悉的药铺子里抓二两黄连含着止痛。

农业学校校长的儿子掉入泥坑被救起后，人们议论纷纷，有指责学堂设在庙里冲撞了龙王爷的，有说因为是孩子父亲讲课说没有龙王爷而遭到了报应，越说越离谱、越夸张，却没有一个人去思考怎么解决大泥坑带来的不便和危险。

他们就这样平平静静地活着、熬着，他们都是善良的、冷漠的。

在萧红的叙述里，最惊动人心的是这样一段："小城的造纸坊里，有一个私生子被活活饿死了。因为他是一个初生的孩子，算不了什么。也就不说他了。"

从小城居民的视角、观念出发，轻轻的一句评说，就把他们的冷漠、无知，刻画得入木三分。是啊，初生的孩子就不是生命吗？就不重要吗？这孩子是谁的私生子，为什么会被活活饿死？没有人关心，于是作为读者的我们也无从知晓，但冷漠的人心却生动得很了。

同样的，萧红还用几句话叙述了几件与人命相关的故事：染缸房里两个学徒，为了一个妇人打架，其中一个被按进染缸里淹死，另一个则在监狱里度过了一生。但这件事最多成为人们口中的谈资，三两天后就被遗忘了，淹死人的大缸里染的布，照样流通着，成为男人的棉袄、棉裤和新娘子出嫁时身上穿的大红袍子。

还有，豆腐房里两个伙计打架，却把拉磨的小驴的腿给打断了。但是，萧红写道："因为它是驴子，不谈它也就罢了。"但是打了驴子那人的母亲却为了这件事哭瞎了眼睛。这是为什么？

——赔驴子的钱让这妇人家无力承担。

或许，生活的穷困让人们无暇去关心人命，更遑论动物的性命。他们冷漠、无知，却也令人可怜。

但是，可怜之人必有可恨之处。呼兰河城的人们不关心死去的生命，愚昧，不关注现世的人生，他们的生活，似乎是很苦的，一天一天糊里糊涂地过去了。但他们却关心着死后穿的、戴的，于是扎彩铺里的房子、衣裳、马，都万分好看、活灵活现。

萧红对那些人间悲剧轻描淡写，却对扎彩铺里的物品进行了细致的描写。几个悲剧故事的留白，人们对死后生活向往所表现出来的愚昧，让悲的力量更加强烈。

是啊，呼兰河的人们过着穷窘艰难的生活，但他们并没有想着如何做出行动去改变它，却是借由虚无缥缈的迷信，为自己勾勒死后富贵生活的蓝图，然而这一切对切身的生活并没有任何用处。

萧红在描写这一切时，以看起来是“自传体”的自我叙述出发，甚至还特意使用了孩子的视角。孩子的眼光简单而直接。因此，这些痛苦被直接摆在了纸面上，在人生的悲凉、宿命的不可抗争、人的愚昧无知与朴素单纯的映衬下，显得愈发有力度。

Step 2

萧红在开篇，就用俯瞰的视角，以空间顺序勾勒出了小城的总体格局，这是宏观的部分；但她同时也通过简略、近乎冷漠的笔触，往那十字街、东二道街、西二道街和若干小胡同里，增添了许多人间悲喜。宏观与微观的结合，呼兰河人民的模样也被一点点刻画、显现出来。

但这当然是不够的，呼兰河城里也不尽是悲剧、冷清和刻板，它也有温情的、有趣的、热闹的场面。

那小胡同虽然冷静又寂寞，但每当提篮子卖烧饼的人来了时，却仿若在平静湖面投下一颗石子般，荡起了圈圈涟漪。

萧红写一个三十多岁的女人，头顶上梳着一个卷儿，打开门时身后跟着五个孩子，一排排好了，等着挑麻花。大孩子挑了个最大的，一个个轮过去，到最小的孩子时，他把每个麻花都翻过去也找不到大的了，于是就和几个哥哥姐姐都打起来了。他们的母亲怎么喊都没用，拿起烧火的铁叉子向孩子奔过去时，又被院子里的小泥坑绊倒……

孩子们回来后，这位母亲把剩下的一个完好的麻花，又还了回去，不买了。卖麻花的人为此吵了一阵，但还是拗不过，只能提着这一进胡同就被挨家摸过的麻花，到别的胡同去叫卖。

这样一场小小的、活泼的闹剧，不仅是呼兰河城人们平淡无奇生活里的调味剂，也为这本书增加了许多生活化场景，告诉阅读这本书的人，单调刻板之外，呼兰河小城的生活也有各种各样的声音：

每一条胡同里、每一家茅舍内、每一行篱笆后，人间烟火味浓烈，有争论、有唠叨、有叮嘱、有哭闹、有欢笑、有忧愁、有开怀……

萧红在描写这些日常的、单调的，又亲切的生活琐碎之余，还描写了不少精神上的“盛举”，一年之中，必不可少的是这些活动和节日：跳大神，唱秧歌，放河灯，野台子戏，4 月 18 日娘娘庙大会……这些节日在呼兰河人看来，都是热闹而重要的，需要慎重地对待。

萧红写跳大神，锣鼓一响，男女老幼都往跳神的人家跑，热闹非凡。她细致地描绘大神如何穿着，如何哆嗦，把周围的人吓得一跳，目的却是帮人们治病。人们对大神又敬又怕，一见氛围不对，就马上杀鸡送过来——当然，请神用的红布、鸡，最后都进了大神的腰包。

写跳大神这一段，写到“送神归山”大神嘴里唱的，手里敲出的鼓声，让人心生悲凉，萧红两次感叹：

人生何如，为什么这么悲凉。

人生为了什么，才有这样凄凉的夜。

这两句话在这里，既对前面呼兰河悲欢的部分有呼应，又悄悄地埋下了伏笔，是为之后几个小人物故事提前写好的注脚。

野台子戏这一段，就好像是一幅长卷画，画里有无数的人像，暗藏着各样的剧情。那已嫁的妇女、未婚的姑娘，都穿了新衣裳，把自己打扮得整齐漂亮，戏台还没开，接姑娘、换女婿，亲人相见，杀鸡买酒，说着家长里短的趣事，一谈就到半夜，呼兰河城里，一派热闹。

放河灯、娘娘庙大会，一样写得很精彩，萧红在字里行间，既有冷眼旁观的淡漠，也有轻轻一点的诙谐，夹杂着一些嘲讽和无奈，写得非常好看。读到这里，能深刻感受到这座小城的乏味。

一年里，人们规律，甚至是机械地过着生活，但就连这些热闹的节日，也一样呆板，不过是走马灯似的依次来到，闪烁着强烈的原始性色彩。

至此，呼兰河城的轮廓、城里人们的大致模样，已经被萧红用散文诗一样的语言，粗细有致地描出来了。

真实的呼兰河城，乡野粗俗、温情伤感、冷漠懦弱、愚昧迷信。

Step 3

萧红的童年是幸福的。幸福，是因为她有祖父的陪伴。

祖父是一位慈祥的老人，给了萧红童年时光最多的温暖。萧红描写自己跟在祖父的屁股后面，有模有样地学着栽花、拔草、种菜、铲地。但常常她自己玩累了，就找个阴凉的地方，不需要枕头和席子，就把草帽遮在脸上，然后就睡着了。

萧红还跟着祖父学诗。睡在祖父空着的屋子里。祖父口头念一句，她就跟着念一句，早晨念、晚上念、半夜醒了也念。渐渐地，祖父就开始讲解每一句诗背后的故事，从那以后，萧红便缠着祖父讲那些怎么也听不厌的故事。

幸福，也是因为她拥有自己的“秘密花园”。

那个每年都种下小黄瓜、大倭瓜，秋日佳节都有蝴蝶蹁跹、蚂蚱蹦跳、蜻蜓飞舞的后花园，还有那个堆满了破旧东西，黑暗而尘封的储藏室。在那里，她像探险一般，寻找着好玩的东西，不管是一包颜料、一块观音粉、一块圆玻璃，还是一块废铁，都是孩子眼中的珍宝。

这一段描写，在全书里，是重彩油画的聚焦点。完全是孩童的视角、孩子的语言，天真无邪，不夸张、不渲染，字字句句皆天然。因此，这部分文字给读者的阅读感受就是很轻灵、很纯真、很愉快，是温暖的，是带着爱意的，字里行间也透露出了萧红的心声：

她这一生，走得再远，也不曾远离这座北方小城、这片土地。

萧红的童年，也是寂寞的。寂寞，源于她没有同伴。

作为家中的长女，萧红没有玩伴。她也不喜欢自己的祖母，因为在她三岁的时候，喜欢拿手指把纸窗捅破几个洞。有一回祖母拿着针在窗外等着，萧红的小手一伸出去，就被那针刺痛。因为这件事，她再也不喜欢祖母。

寂寞，也源于家中大多数亲人情感的淡漠。

萧红用孩子的语气写道："在这个世界上，有了祖父就够了"，"父亲的冷淡，母亲的恶言恶语，和祖母用针刺我手指的这些事，都算不了什么"。

寂寞，还源于她早慧。

她过早地明白了人世间的一些事，但仍然和呼兰河城里的其他人一样，每天都过着单调的生活。

她描写完储藏室时，就曾发过感慨：他们过的是既不向前、也不回头的生活……只是一天一天，平板地、无怨无忧地生活着。

在这里萧红并不是只想写自己童年的故事，更是想由自己家引出本书接下来的几个重点人物。

穷困人家的生活，是怎样的呢？

漏粉的这一家，租住在歪歪斜斜的草房里，下雨时会漏雨，还一天一天地歪下去，立了七八只柱子支撑也不顶用。窗子都歪斜得由四方形变成菱形，门也关不上了。住在里头的人呢，逆来顺受，"你说我的生命可惜，我自己却不在乎。你看着很危险，我却自己以为得意。不得意怎么样？人生是苦多乐少。"那家人依然一边挂着粉，一边唱着歌。

赶车的一家，姓胡，老少三辈住一块，老太太常年生病。两个媳妇儿间虽然有摩擦，但在众人眼里都是孝顺的，因为常常花几个钱给老太太跳大神。大孙子媳妇娶过来了，二孙子媳妇订好了，但年纪小，还没有娶过来。

读到这里，我们大致了解了萧红的童年，或许也更能够理解成年后的她。祖父去世后，她便离家出走，没有获得过父爱、母爱的她，内心是寂寥和空荡荡的，再加上她天真、莽撞、热情、敏感、不安的天性，她的一生便有了数段恋情，但不论是表哥陆振舜、包办婚姻的丈夫汪恩甲、性格暴躁的才子萧军，还是温和的东北作家端木蕻良，无一不是在最后关头，抛弃了她。

1940 年，萧红随端木蕻良飞抵香港。但香港沦陷后，端木却再次抛下萧红，独自逃亡。在贫病交迫中，她创作了《马伯乐》和《呼兰河传》。她的写作里，不仅有幼年时代呼兰河畔寂寞的童年，更有出走家乡后的坎坷与寂寥。

Step 4

老胡家的二孙子媳妇被带回家了，萧红一家子人都赶过去凑热闹——这个成为众人焦点的孙媳妇，还是一个小姑娘，她被称为“团圆媳妇”。团圆媳妇又叫童养媳，是旧社会封建婚姻制度的产物。

团圆媳妇脸黑黑的、笑呵呵的，憨厚可爱。但那些趴在墙头上看的邻里们，却都说“团圆媳妇不像个团圆媳妇”。

呼兰河城的人们，依照几千年传下来的习惯麻木地活着，他们从不思考。在他们看来，一个真正的团圆媳妇，应该扭捏怕羞、个子瘦小、饭量小、看夫家脸色，因此，当看到老胡家的团圆媳妇大大方方、接过来的第一顿饭就吃三碗、个子比同龄姑娘高时，就判定，这个媳妇不行，得管教、得打。

这些闲言碎语，加上团圆媳妇被打时居然连喊带哭，说要回家去，她的婆婆更加坚信非好好管教不可，狠狠地打了她。从夏天打到冬天，团圆媳妇被打出病来了，原先的黑脸变黄了。她的婆婆当然不愿意她死，因为这是花了大价钱买回来的，为了给她治病，又不时地花钱跳大神，采用了围观的人们善意、热心的建议，吃了黄连和瘟猪肉，吃了药铺厨子随口说的药方。这一个个偏方却让她的病一天重似一天。

接下来一段的描写，非常精彩，既描写了愚昧的现实，也有看似轻描淡写、实则辛辣的嘲讽。

众人建议给团圆媳妇抽帖，但一帖要十吊钱。这里萧红用了很多的笔墨细描媳妇婆婆的内心：

> 十吊钱能够买二十块豆腐，够吃二十个月；十吊钱买一口小肥猪养一年，能卖千八百吊钱；十吊钱可以买十来只鸡，第二年鸡还可以下蛋换钱，足以让他们发家致富……

但她最后还是在抽帖的骗子的蛊惑下，花了五十吊钱要救团圆媳妇的命，但仍然不见效。

“治疗”到这里，大家都觉得这孩子身上有鬼了。最后，他们仍然选择跳大神，还要当众用大缸给团圆媳妇洗澡。大神打着鼓，她不肯脱衣服，于是几个大人上来把她的衣裳撕掉，将她整个人抬进装满滚烫热水的大缸里，不停地往她头上浇热水。起初，团圆媳妇还挣扎、喊叫，渐渐地就不动了，倒在大缸里，昏过去了。就这样当众折腾了三回。

但无论家里人怎么折腾，办了多少愚昧、迷信的法事，团圆媳妇终于还是死了。有二伯领着人，把孩子葬在城外了。

作为读者，我们对团圆媳妇不幸的遭遇，同情、怜惜，甚至于咬牙切齿、脊背发凉。但对于这位婆婆，却也无法苛责太多。

她和呼兰河的人们一样，内心是良善的，生活是穷困的，一向勤俭持家，给团圆媳妇抽帖的五十吊钱，是她在田里弯腰捡豆子半个多月换来的，自己得了病也不舍得花钱买药，疼了就忍着。

他们都是“照着几千年传下来的习惯而思索、而生活”的牺牲品。

闭塞愚昧的呼兰河，人们都是内心空虚的看客，心满意足地看完别人的痛苦，将这些奇闻逸事作为一定时间内的谈资后，就遗忘了，每个人都活得麻木、愚昧、蛮横。他们不把媳妇当人，但也不曾把自己当人。这也是整个时代、社会的悲剧。

团圆媳妇的死，和这些愚昧的人们有关，他们可能不是真正的坏人，因为从始至终，他们并没有想伤害团圆媳妇的生命，但每个人身上仍然都带着恶。无知的恶、欲望的恶、不幸的恶、封建思想与封建迷信的恶，对此，他们不仅一无所知，也从不反思。

Step 5

有二伯是萧红家里的长工，在这里工作了三十年，也只是勉强混个温饱，没有工钱可拿，因此，六十多岁的有二伯依然一无所有。他和其他人都一样，饶有兴致地看着“大泥坑”的种种悲喜。但有二伯或许永远也不会知道，作为看客的自己，又何尝不是他人眼中，被观看的对象呢？

他很喜欢和天空的雀子说话、和大黄狗说话，但一和人在一起，就一句话也没有了，偶尔说出口的话，也是古怪的，令人捉摸不透。

作为一个被剥削、被压迫、被奴役、被蹂躏的长工，他的遭遇是可悲的。主人家并没有把他当人来对待。日俄战争时，主人家个个离开呼兰河逃命去了，有二伯却被留下守房子。但从俄军刀马下死里逃生的有二伯，却没有获得主人家的尊重，他在这个家里的地位，甚至还不如一般的仆人。老厨子常常奚落他，小孩子们也经常取笑他。

他大可站起身来做人，另投别处去赚钱过日子，但他不曾思考、觉悟，反而还健忘、自傲，颇有些阿 Q 的样子。对主人家不满，他也只敢动动嘴皮子功夫，指桑骂槐；但他并非完全逆来顺受，除了怒骂，他还偷窃，来作为反击，铜酒壶、大澡盆、大米，一样一样地被他偷走，背出去卖掉。久而久之，他的行为终于惹恼了萧红的父亲，于是这位“主子的同宗二哥”就被毒打了。

但这个角色的古怪、矛盾之处也在于，他一边承受、厌恶着主人对他的方式，另一方面却又非常向往主人家的颐指气使。

他地位低下，偏偏喜欢别人叫他“有二爷”“有二东家”“有二掌柜的”。只是不论名头上多好听，这个“有二东家”都不敢反抗真正的东家，只能对着绊脚的砖头发牢骚。他最忌讳人家叫他的乳名有子，但萧红的祖父叫他“有子”，他却不生气，还说“宰相大不大，可是他见了皇上也得跪下，在万人之上，在一人之下”。

有二伯，就是这样一个可怜、可恨、可笑的人，是个活脱脱的东北阿Q。他麻木，具有很强的奴性思想，缺少作为人的自觉，甘于奴役地位不知；他也有很强烈的封建等级思想，对和自己一样地位低下的团圆媳妇，不仅不同情，还冷眼看待。

或许，他会形成古怪的性情，也和这人情冷暖、世态炎凉有关系吧。有二伯和小城里大多数人一样，是被旧文化、旧势力、旧习惯、旧思想所浸泡而异化了的小人物。他们无力与不公的世界进行抗争，封建文化不仅让人成为“非人”一样的存在，还让人情也异化。

从整本书的架构来说，描写有二伯的这一章，是很重要的。在阅读完冲击力极大、可谓高潮的“团圆媳妇之死”后，读者需要一定的缓冲，从愤怒、悲凉的情绪里稍稍走出。有二伯这位灰色人物的故事，在本书里形成一片独立、稳定的区域。初看似乎平淡，细品却很有讽刺意味。

他也是一个承上启下的关键人物，上一章节由他对“团圆媳妇之死”冷漠的态度，引到了他自己的故事，后又因他“绝后”而生的哭泣，顺势引出了全书最后一个故事，为勾画冯歪嘴子小儿子咧嘴一笑中露出的“小白牙”，营造好了势所必至的运笔方向。

Step 6

冯歪嘴子是磨坊里的磨官，他为人勤奋、刻苦，大半夜了还在打着梆子，周而复始，一年又一年。

他很磊落。虽然在当时，他和有二伯一样都是地位低下的人，但他从不贪小便宜。他住在靠近后园的屋子里，黄瓜藤爬满了窗户，结出满窗的黄瓜，但他即使要摘一只黄瓜，也会告诉主人家一声。

他很大度。在磨坊里静悄悄地过着自己的日子，有时候老厨子或萧红在和他讲话的中途，故意溜走或不回话，他却浑然不觉，仍对着空无一人的院子发表长篇大论，惹得小萧红与她的祖父笑个不停，面对这样的戏弄，他很宽容，从没有生气过。

冯歪嘴子还很善良。他不但会拉磨，还会做黏糕，自己虽然穷，却常常给年幼的萧红吃免费黏糕。

冯歪嘴子和当时的男人们不同，他很体贴，非常疼爱自己的妻子。他的妻子是同院的王大姐，生产后身体太虚弱，因此，他尽量少让她干活，还让她多吃鸡蛋补身子。但夫妻俩的幸福生活，却十分坎坷。

他的女主人称呼王大姐为“野老婆”，因为嫌弃他们，在冰天雪地零下七八摄氏度的天气，把他们都赶出了磨坊。邻居们也因为羡慕和嫉妒而嚼起了舌根。

冯歪嘴子很坚强，默默承受着生活的压力、掌柜的谩骂以及众人的诽谤，一家人静静地过着属于自己的生活。

如此，又过了两三年，王大姐生下第二个孩子后因难产死去。彼时，人们都以为他会倒下，但他虽然很悲痛，却坚强地挺了过来，独自带着两个孩子长大。

当他看到自己的两个孩子，“大的孩子会拉着小驴到井边去饮水了，小的会笑了，会拍手了，会摇头了”。他不再绝望。在儿子身上，他看到了活着的希望。

“微微一咧嘴笑，那小白牙就露出来了。”《呼兰河传》到此结束。

在这部分里，萧红没有过多地描写冯歪嘴子的语言，或许他本人就是这般的沉默寡言，或许萧红也觉得不需要通过语言来强调他的身份或地位。

他勇敢地追求爱情、家庭和幸福，他要争得作为人的权利，维护作为人的尊严，并做出努力，试图改变自己的命运。我们不知道他以后的生活如何，但从萧红所描写的这一段故事可以看出，他有生的坚强和勇气。

而萧红把冯嘴歪子这一角色放在最后，也是有原因的。

呼兰河小镇上的人们，都活得刻板、单调，仿佛生存的意义就是吃饭、睡觉、拿他人生活的琐事作为娱乐。团圆媳妇的遭遇，就是愚昧思想迫害的结果，她无力，也无法抵抗毒打、折磨；有二伯身上体现出了强烈的矛盾性，一边屈从于旧观念，一边似乎有着某种觉醒，但这种觉醒不自知、不具有能量，也无法改变个人命运。

对冯歪嘴子来说，或许他不清楚，也没有思考过自己的精神世界，但他的生活状态是“众人皆醉我独醒”，他不掺和邻里的八卦，不围观他人的悲惨命运，哪怕自己成了被观看的对象，也并不在意那些流言蜚语。

爬满黄瓜藤蔓的窗户，隔绝他对外部世界的好奇，也让他抵御外界好奇的眼光，把注意力更多地放在自己身上，安静地赶驴推磨、制作贩卖黏糕，深耕自己的生活。

他是这本书里，感人、光明的角色。

如果我们对团圆媳妇的遭遇充满了愤慨、无奈、控诉；如果我们对有二伯阿Q式的生活，感到好笑、不时嘲讽；那么我们在看到冯歪嘴子面对艰辛的生活、坎坷的遭遇，依然朴实、善良、尽责，又满是希望地和两个孩子活下去时，我们不可能不被感动，也不可能不对呼兰河小城有了一丝希望。

冯歪嘴子的故事讲到这里，也就完了。

Step 7

在这本书的结尾，萧红祖父死去，她自己也逃荒离开了呼兰河城。后园的老主人、小主人都不见了，园里的蝴蝶蚂蚱、黄瓜倭瓜或许也都消失了。

文笔干净似雪，内心凛冽如刀。

读萧红的文字，总感觉似乎深处于东北的冬季，零下的温度，一片冰凉。时而小雪落下烂漫无比，时而厉风刮起切割皮肤。

她描画着呼兰河边的众生相，但并不评判，甚至稚嫩到有失公允：她不喜欢祖母，是因为祖母曾拿针扎过她的手指头；她听着大人们对团圆媳妇的贬低，还有团圆媳妇婆婆自以为顺理成章的殴打，不觉得有什么不对，甚至觉得有趣；她和大人们一样好奇于看热闹，跳大神，唱戏，死人……

她不够好，因为她就成长于呼兰河边，遗传了祖祖辈辈人的观念与举止。但她的描写却会让人后背一凉，想想，自己是不是也如这般，潜移默化了？

阅读感受最轻松的莫过于萧红以“我”的口吻，讲述自己的家。家里有祖父、祖母、父亲、母亲、老厨子、有二伯……

这些片段大多天真烂漫，读来有趣可爱。尤其是后园的游戏，和祖父念诗等段落，仿佛可以照见我们每个人童年的影子。

谁不是这样长大的呢？哪个生命在最初，不是这般纯洁可爱而脆弱呢？

但是，这并不是一本愉悦的回忆童年的书。

团圆媳妇的故事让人感到彻骨的寒冷。她被吊在梁子上打，烙脚心，因为她是团圆媳妇，就是家中生物链的最底层，连猪狗鸡鸭都不如，毕竟猪被打会掉块肉卖的钱就少了，但她脱层皮也没事。

最后她死了，也终于可以不用再受苦了。

最残忍的悲戚后，有二伯和冯歪嘴子出场了。他们都是奴仆，却有着截然不同的生活态度和人生际遇，尽管同样面对残酷的现实，却走向了不同的结局。

有二伯古怪、矛盾，年逾六十，仍然被压在最底层，没有尊严，也没有自我觉醒，冷眼看待和自己一样弱势的群体，却也遭受他人的嘲笑，是可悲的。

但冯歪嘴子不一样，他勤勉、自重、努力地活着，不把他人的眼光当回事，于是，他成家了。

新生儿也在自己父亲的怀里慢慢长大了，他长出了小白牙，瘦弱，但依然活着。

好在，在这最后一个故事里，孩子还活下来了，这就好似希望活下来了。在闲言碎语里，在愚昧落后里，在寒冷的零下七八摄氏度的天气里。

萧红在这本书的最后一句话是：

我所写的并没有什么优美的故事，只因他们充满我幼年的记忆，忘却不了，难以忘却，就记在这里了。

萧红一生都在出走，民族的灾难与个人的苦难，无一不背负在她病弱的身上。

她作为觉醒的一代，数次和自己那愚昧的故乡告别。她是幸运的，但也是痛苦的，一生在离开，却又一生都在牵挂。

故乡、家庭、童年微弱的温情，更多的是冷漠和残酷的现实，她是寂寞的，是冷静而敏感的。因此，她的回忆，如杜鹃啼血，字字句句，又冷静又剜心。

她的描写，是不动声色的白描，加上对世态炎凉的老练观察与讽刺，她笔下农民阶层的愚昧和劣根性，也不至于太过刻薄。

回忆的尽头，或许就是永恒的离别。

写完这本书后不久，一身病痛的萧红便离开了人世，她原本计划要写的《呼兰河传》第二部，也就此夭折。她的经历，坎坷、漂泊、令人唏嘘，但她的文字，却恰如那墙头上的红花，越悲凉，便盛开得越娇艳。